本丛书出版得到以下研究机构经费资助：

嘉应学院客家研究院

梅州市客家研究院

广东省客家文化研究基地—嘉应学院客家研究院

广东省非物质文化遗产研究基地—嘉应学院客家研究院

理论粤军·广东地方特色文化研究基地—客家文化研究基地

广东省粤台客家文化传承与发展协同创新中心—嘉应学院客家研究院

广东省普通高校人文社会科学省市共建重点研究基地—嘉应学院客家研究院

客家学研究丛书

第二辑

《适可庐诗集》校注

黄荐鹗　著

夏远鸣　刘奕宏　黄　童　校注

暨南大学出版社
JINAN UNIVERSITY PRESS

中国·广州

图书在版编目（CIP）数据

《适可庐诗集》校注/黄荐鹗著；夏远鸣，刘奕宏，黄童校注．—广州：暨南大学出版社，2017.1

（客家学研究丛书．第二辑）

ISBN 978－7－5668－1978－9

Ⅰ.①适…　Ⅱ.①黄…　②夏…　③刘…　④黄…　Ⅲ.①古典诗歌—注释—中国—近代　Ⅳ.①I222.75

中国版本图书馆 CIP 数据核字（2016）第 261530 号

《适可庐诗集》校注

SHIKELU SHIJI JIAOZHU

著　者：黄荐鹗　**校　注：**夏远鸣　刘奕宏　黄　童

出 版 人：徐义雄
策划编辑：李　艺
责任编辑：崔军亚
责任校对：李林达
责任印制：汤慧君　周一丹

出版发行：暨南大学出版社（510630）
电　　话：总编室（8620）85221601
营销部（8620）85225284　85228291　85228292（邮购）
传　　真：（8620）85221583（办公室）　85223774（营销部）
网　　址：http：//www.jnupress.com　http：//press.jnu.edu.cn
排　　版：广州市天河星辰文化发展部照排中心
印　　刷：佛山市浩文彩色印刷有限公司
开　　本：787mm×960mm　1/16
印　　张：13.75
字　　数：242 千
版　　次：2017 年 1 月第 1 版
印　　次：2017 年 1 月第 1 次
定　　价：36.00 元

黄荐鹗遗像

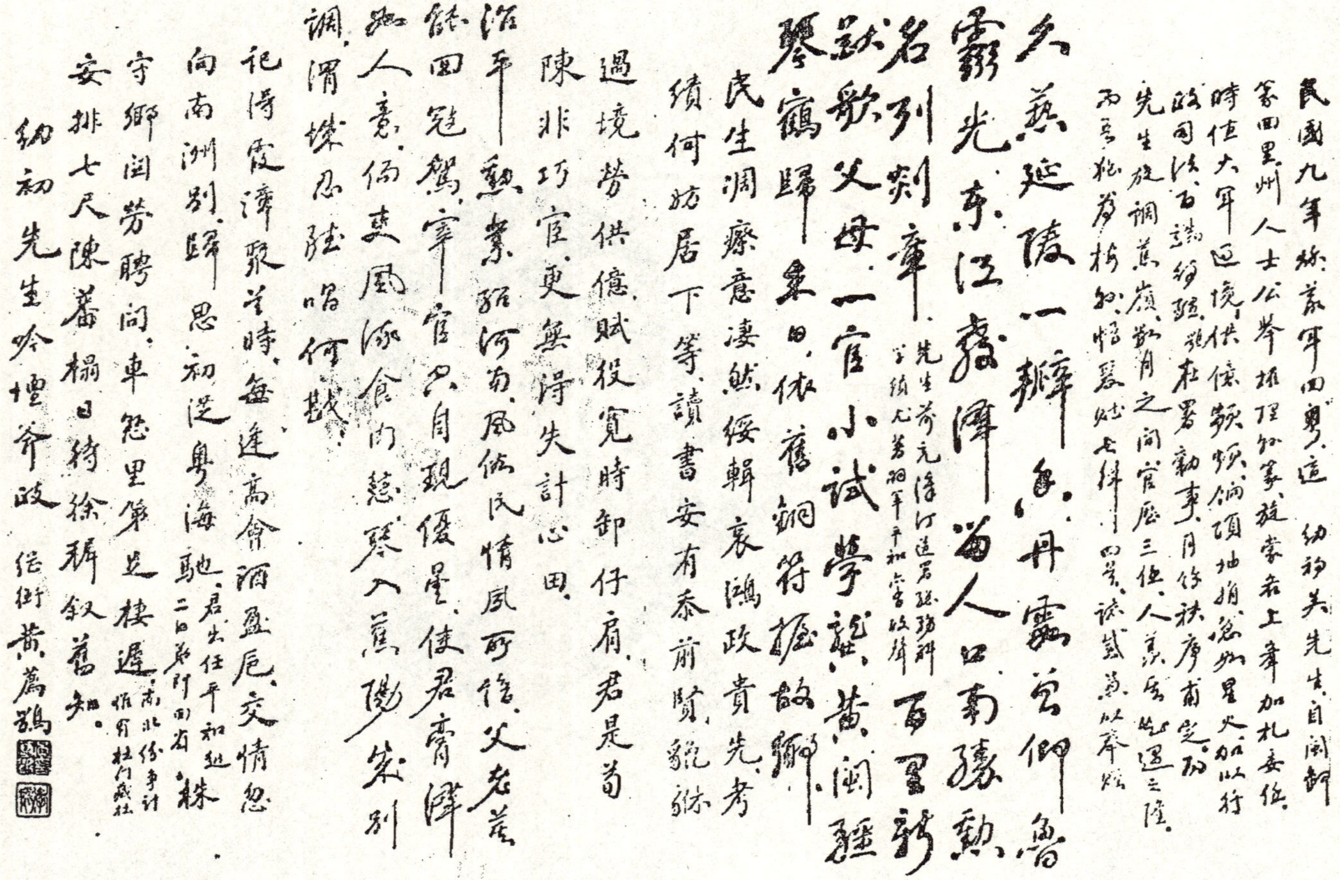

黄荐鹗墨迹

校注说明

一、原诗集中的注释以竖排夹注的方式，今以横排，仍保留原夹注。

二、原诗集后有勘误表，今依勘误表将原文直接改定。

三、对于诗文中出现的人名、地名等只进行必要的注释（采用文后注），以避免繁复。

四、除诗稿外，还将作者一篇序文收录附后。

（注：原书名由吴凤声题写。吴凤声，号幼初，广东梅县水南堡人，务本中学堂创始人吴登初之子。先后就读于广东高等师范学校和日本明治大学。曾任广东新会县、清远县县长）

总　序

客家文化以其语言、民俗、音乐、建筑等方面的独特性，尤其是客家人在海内外社会经济发展中的突出贡献，引起了历史学、人类学、民俗学和语言学等诸多学科领域内学者的关注。而随着西方人文学科理论和研究方法在20世纪初传入我国，客家历史与文化研究也逐渐进入科学规范的研究行列，并相继出现了一批具有开创性的研究成果。1933年，罗香林《客家研究导论》的出版，标志着客家研究进入了现代学术研究的范畴。20世纪80年代以来，著作、论文等研究成果的推陈出新，也在呼吁学界能够设立专门的学科并规范客家研究的科学范式。

作为国内较早成立的专门从事客家研究的机构，嘉应学院客家研究院用二十五载的岁月，换来了客家研究成果在数量上空前的增长，率先成为客家学研究的重要阵地，也引起了国内外学术界的高度关注。但若从质的维度来看，当前的客家研究还面临一系列有待思考及解决的问题：客家学研究的主题有哪些？哪些有意义，哪些纯粹是臆测？这些主题产生的背景是什么？它们是如何通过社会与历史的双重作用，而产生某些政治、经济乃至文化权力的诉求与争议的？当代客家研究如何紧密结合地方社会发展的需要，又如何与国内外其他学科对话与交流？诸如此类的疑惑，需要从理论探索、田野实践和学科交叉等层面努力，以理论对话和案例实证作为手段，真正实现跨区域和多学科的协同创新。

一、触前沿：客家学研究的理论探索

当前的客家学研究主要分布在人文社会科学的诸多学科范围之内，所以开展卓有成效的客家研究自然需要敢于接触不同学科领域的学术理论。

比如，社会学科先后出现过福柯的权力理论、布尔迪厄的实践理论、吉登斯的结构化理论、鲍曼的风险社会理论、哈贝马斯的沟通行动理论、卢曼的系统理论、科尔曼的理性选择理论和亚历山大的文化社会学理论。[①] 社会科学研究经常需要涉及的热点议题，在客家研究中同样不可回避，比如社会资本、新阶层、互联网、公共领域、情感与身体、时间与空间、社会转型和世界主义。[②] 再比如，社会学关于移民研究的推拉理论、人类学对族群研究的认同与边界理论以及社会转型与文化变迁的机制，都可以具体应用到客家研究上，并形成理论对话而提升客家研究的高度。在研究方法上，人文社会科学提倡的建模、机制与话语分析、文化与理论自觉等前沿手段，[③] 都可以遵循“拿来主义”的原则为客家研究所用。

可以说，客家研究要上升为独具特色的独立学科，首先要解决的便是理论对话和科学研究的范式问题。客家学作为一门融会了众多社会人文学科的综合性学科，既不是客家史，也不是客家地区政治、经济、文化等内容的汇编或整合，而是一门以民族学基础理论为基础，又比民族学具有更多独特特征、丰富内容的学科。[④] 不可否认的是，客家研究具有自身独特的学术传统，但要形成自身的理论构架和研究方法，若离开历史学、文献学、考古学、人类学、语言学、社会学、民俗学等诸多学科理论的支撑，显然就是痴人说梦。要在这方面取得成绩，则非要长期冷静、刻苦、踏实、认真潜心研究不可。如若神不守舍、心动意摇，就会跑调走板、贻笑大方。在不少人汲汲于功名、切切于利益、念念于职位的当今，专注于客家研究的我们似乎有些另类。不过，不管是学者应有的社会良知与独立人格，还是人文学科秉持的历史责任与独立思考的精神，都激励我们坚持实事求是的原则，在触碰前沿理论上不断探索，以积累学科发展所需的坚实

---

① DEMEULENAERE P. Analytical sociology and social mechanisms. Cambridge：Cambridge University Press，2011.

② TURNER J H ed. Handbook of sociological theory. New York：Kluwer Academic Publishers，2001.

③ JACCARD J & JACOBY J. Theory construction and model-building skills. New York：Guilford Press，2010.

④ 吴泽：《建立客家学刍议》，载吴泽主编：《客家学研究》（第2辑），上海：上海人民出版社，1990年。

理论。

要做到这一点，就得潜下心来大量阅读国内外学术名著，了解前沿理论的学术进路和迁移运用，使客家研究能够进入国际学术研究对话的行列。

二、接地气：客家研究的田野工作

学科发展需要理论的建设与支撑，更离不开学科研究对象的深入和扩展，而进入客家人生活的区域开展田野工作，借助从书斋到田野再回到书斋的螺旋式上升的研究路径，客家研究才能做到“既仰望星空又能接地气”，才能厚积薄发。

人类学推崇的田野工作要求研究者通过田野方法收集经验材料的主体，客观描述所发现的任何事情并分析发现结果。① 田野工作的目标要界定并收集到自己足以真正控制严格的经验材料，所以需要充分发挥参与观察、深度访谈和问卷调查的手段。从学科建设和学科发展的角度，客家族群的分布和文化多元特征，决定了客家研究对田野调查的依赖性。这就要求研究者深入客家乡村聚落，采用参与观察、个别访谈、开座谈会、问卷调查等方法调查客家民俗节庆、方言、歌谣等，收集有关客家地区民间历史与文化丰富性及多样性的资料。

而在客家文献资料采集方面，田野工作的精神同样适用。一方面，文献资料可以增加研究者对客家文化的理解，而且还可以对研究者的学术敏感和问题意识产生积极影响；另一方面，田野工作既增加了文献资料的来源，又能提供给研究者重要的历史感和文化体验，也使得文献的解读可以更加符合地方社会的历史与现实。譬如，到图书馆、档案馆等公藏机构及民间广泛收集对客家文化、客家音乐、客家方言等有所记载的正史、地方志、文集、族谱及已有的研究成果等。田野调查需要入村进户，因此从具有深厚文化传统的客家古村落入手，无疑可以取得事半功倍的效果。

在客家地区开展田野调查，需要点面结合才能形成质量上乘的多点民族志。20 世纪 90 年代，法国人类学家劳格文与广东嘉应大学（2000 年改

---

① ［挪］托马斯·许兰德·埃里克森著，周云水、吴攀龙、陈靖云译：《什么是人类学》，北京：北京大学出版社，2013 年，第 65 – 67 页。

名为嘉应学院）、韶关大学（2000 年改名为韶关学院）、福建省社会科学院、赣南师范学院、赣州市博物馆等单位合作，开展“客家传统社会”的系列研究。他在长达十多年的时间里，辗转于粤东、闽西、赣南、粤北等地，深入乡镇村落，从事客家文化的田野调查。到 2006 年，这些田野调查的成果汇集出版了总计 30 余册的“客家传统社会”丛书，不仅集中地描述客家地区传统民俗与经济，还具体地描述了传统宗族社会的形成、发展和具体运作及其社会影响。

2013 年以来，嘉应学院客家研究院选择了多个历史悠久、文化底蕴深厚的古村落，以研究项目的形式开展田野作业，要求研究人员采用参与观察、深度访谈、文献追踪等方法，对村落居民的源流、宗族、民间信仰、习俗等民间社会与文化的形成与变迁进行深入的分析和研究，形成对乡村聚落历史文化发展与变迁的总体认识。在对客家地区文化进行个案分析与研究的基础上，再进行跨区域、跨族群的文化比较研究，揭示客家文化的区域特征，进而梳理客家社会变迁和文化发展过程。

闽粤赣是客家聚居的核心区域，很多风俗习惯都能够找到相似的元素。就每年的元宵习俗而言，江西赣州宁都有添丁炮、石城有灯彩，而到了广东的兴宁和和平县，这一习俗则演变为“响丁”，花灯也成了寄托客家民众淳朴愿望的符号。所以，要弄清楚相似的客家习俗背后有何不同的行动逻辑，就必须用跨区域的视角来分析。这一源自田野的事例足以表明田野调查对客家学研究的重要性。

无论是主张客家学学科建设应包括客家历史学、客家方言学、客家家族文化、客家文艺、客家风俗礼仪文化、客家食疗文化、客家宗教文化、华侨文化等，① 还是认为客家学的学科体系要由客家学导论、客家民系学、客家历史学、客家方言学、客家文化人类学、客家民俗学、客家民间文学、客家学研究发展史等八个科目为基础来构建，② 客家研究都无法回避研究对象的固有特征——客家人的迁徙流动而导致的文化离散性，所以在

---

① 张应斌：《21 世纪的客家研究——关于客家学的理论建构》，《嘉应大学学报》1996 年第 4 期。

② 凌双匡：《建立客家学的构想》，《客家大观园》1994 年创刊号。

田野调查时更强调追踪研究和村落回访①。只有夯实田野工作的存量，文献资料的采集才可能溢出其增量的效益。

三、求创新：客家研究的学科交叉

学问的创新本不是一件易事，需要独上高楼，不怕衣带渐宽，耐得孤独寂寞，一往无前地上下求索。客家研究更是如此，研究者需要甘居边缘、乐于淡泊、自守宁静的治学态度——默默地做自己感兴趣的学问，与两三同好商量旧学、切磋疑义、增益新知。

客家研究要创新，就需要综合历史学、人类学、语言学、音乐学、社会学等学科理论和方法，对客家民俗、客家方言、客家音乐等进行综合分析和研究，以学科交叉合作的研究方式，形成对客家族群全面的、客观的总体认识。

客家族群作为中华民族共同体的一个重要支系，在其形成和发展过程中融合多个山区民族的文化，形成独具特色的文化体系。建立客家学学科，科学地揭示客家族群的个性和特殊性，可以加深和丰富对中华民族的认识。用客家人独特的历史、民俗、方言、音乐等本土素材，形成客家学体系并进一步建构客家学学科，将有助于促进中国人文社会科学本土化的发展，从而为中国人文社会科学的发展和繁荣作出应有的贡献。客家人遍布海内外80多个国家和地区，客家华侨华人1 000余万，每年召开一次世界性的客属恳亲大会，在全世界华人中具有重要影响。粤东梅州是全国四大侨乡之一，历史遗存颇多，文化积淀深厚，华侨成为影响客家社会历史和文化发展的重要因素。建立客家学学科，将进一步拓宽华侨华人研究领域，有助于华侨华人与侨乡研究的深入发展。

在当前客家学研究成果积淀日益丰厚、客家研究日益受到社会各界重视的情况下，总结以往研究成果，形成客家学学科理论和方法，构建客家学学科体系，成为目前客家学界非常紧迫而又十分重要的任务。

嘉应学院客家研究院敢啃硬骨头，在总结以往研究成果的基础上，完成目前学科建设条件已初步具备的客家文化学、客家语言文字学、客家音

---

① ［美］科塔克著，周云水译：《文化人类学——欣赏文化差异》，北京：中国人民大学出版社，2012年，第457－459页。

乐学等的论证和编纂，初步建构客家学体系的分支学科。具体而言，客家文化学探讨客家文化的历史、现状和未来并揭示其发生、发展规律，分析客家族群的物质文化、制度文化和精神文化的产生、发展过程及其特征。客家语言文字学探讨客家方言的语音、词汇、语法、文字等的特征，展示客家语言文字的具体内容及其社会意义。客家音乐学探讨客家山歌、汉剧、舞蹈等的发生、发展及其特征，揭示客家音乐的具体内容和社会意义。

客家族群是汉民族的一个支系，研究时既要注意到汉文化、中华文化的普遍性，又要注意到客家文化的独特性，体现客家文化多元一体的属性。客家学研究的对象，决定客家学是一门融合历史学、民俗学、方言学、音乐学、社会学等众多社会人文学科的综合性学科。如何形成跨学科的客家学研究理论与方法，是客家研究必须突破的重要问题。唯有明确客家学研究的基本概念、理论和方法，通过广泛的田野调查和深入的个案研究，广泛收集关于客家文化、客家方言、客家音乐等各种资料，从多角度进行学科交叉合作的分析和研究，才能实现创新和发展。

嘉应学院地处海内外最大的客家人聚居地，具有开展客家学研究得天独厚的地缘优势。1989 年，嘉应学院的前身嘉应大学率先在全国建立了专门性的校级客家研究机构——客家研究所。2006 年 4 月，以客家研究所为基础，组建了嘉应学院客家研究院、梅州市客家研究院。因研究成果突出、社会影响大，2006 年 11 月，客家研究院被广东省社会科学界联合会评为“广东省客家文化研究基地”；2007 年 6 月，被广东省教育厅评为“广东省普通高校人文社会科学省市共建重点研究基地”。之后其又被广东省委宣传部、广东省社会科学院评为“广东地方特色文化研究基地——客家文化研究基地”，被广东省文化厅评为“广东省非物质文化遗产研究基地”，被广东省教育厅评为“广东省粤台客家文化传承与发展协同创新中心”；还经国家民政部门批准，在国家一级学会“中国人类学民族学研究会”下成立了“客家学专业委员会”。

2009 年 8 月，在昆明召开的第 16 届国际人类学大会上，客家研究院成功组织“解读客家历史与文化：文化人类学的视野”专题研讨会，初步奠定了客家研究国际化的基础。2012 年 12 月，客家研究院召开了“客家文化多样性与客家学理论体系建构国际学术研究会”，基本确立了客家学学科建设的基本途径和主要方法。另外，1990 年以来，嘉应学院客家研究院坚持每年出版两期《客家研究辑刊》（现已出版 45 期），不仅刊载具有理论对话和新视角的论文，也为未经雕琢的田野报告提供发表和交流的平台。自 1994 年以来，客家研究院承担国家社会科学基金项目 2 项，广东省哲学社会科学规划项目等 20 余项，出版《客家源流探奥》①等著作 50 余部，其中邱国锋等的著作《兴宁市总体发展战略规划研究》② 获广东省哲学社会科学优秀成果一等奖，肖文评的专著《白堠乡的故事——地域史脉络下的乡村建构》③ 获广东省哲学社会科学优秀成果二等奖，房学嘉的专著《粤东客家生态与民俗研究》④ 获广东省哲学社会科学优秀成果三等奖。深厚的研究成果积淀，为客家学学科建设奠定了坚实的理论基础。经过几代人的不懈努力，嘉应学院的客家研究已经具备了在国际学术圈交流的能力，这离不开多学科理论对话的实践和田野调查经验的积累。

客家学研究丛书的出版，既是客家研究在前述立足田野与理论对话"俯仰之间"兼顾理论与实践的继续前行，也是嘉应学院客家学研究朝着国际化目标迈出的坚实步伐。"星星之火，可以燎原"，这套丛书包括学术研究专著、田调报告、教材、译著、资料整理等，体现了客家学学科建设的不同学术旨趣和理论关怀。古人云，"不积跬步，无以至千里；不积小流，无以成江海"，我们愿意从点滴做起。希望丛书的出版，能引起国内外客家学界对客家学学科体系建设的关注，促进客家学研究的科学化发展。

嘉应学院校长兼客家研究院院长　邱国锋教授、博士

于 2014 年 8 月 30 日

---

① 房学嘉：《客家源流探奥》，广州：广东高等教育出版社，1994 年。

② 邱国锋等主编：《兴宁市总体发展战略规划研究》，广州：广东教育出版社，2010 年。

③ 肖文评：《白堠乡的故事——地域史脉络下的乡村建构》，北京：生活·读书·新知三联书店，2011 年。

④ 房学嘉：《粤东客家生态与民俗研究》，广州：华南理工大学出版社，2009 年。

践行“我手写我口”的诗令尹

——黄荐鹗和他的《适可庐诗集》

广东梅州是诗人成长的一片沃土，宋湘、李黼平、李光昭、黄遵宪、丘逢甲、李金发、蒲风，在中国诗歌史上都拥有重要的席位，其余如廖纪、徐青、黄香铁、温训、叶璧华、林良铨、胡曦、黄药眠、温流等梅州籍诗人，犹如点点繁星，在诗歌的殿堂闪耀光芒。

在这片名家辈出的梅山梅水间，钟灵毓秀的山水还孕育出一大批诗歌的精灵，他们像云雀般鸣唱，真情歌咏胸臆和家乡。像著名诗人黄遵宪的家乡——梅州东郊的攀桂坊，除了黄遵宪和李黼平、李光昭、叶璧华、黄药眠成就卓然外，其实还有众多繁茂的绿叶，烘托出红花的艳丽，如黄基、李仲昭、李季子、黄澜、李素英等亦在诗国，辟出一片天地。

《适可庐诗集》的作者也来自攀桂坊，虽然他的诗才被星光熠熠的前辈们掩盖，但他以辛勤的笔耕，以写实的风格，践行他的同乡族兄黄遵宪“我手写我口”的诗歌主张，留下的诗歌，为后人观察十九世纪末至二十世纪初风云变幻的中国历史，以及了解百年前的梅州风貌提供了一个独特的窗口。这位诗人就是被梅州籍著名教育家廖道传称为“诗令尹”的黄荐鹗，民国时期的饶平县首任县长。

士子苦读求仕进，民国两次掌县篆

黄荐鹗，谱名黄遵荣，字继衡，广东嘉应东街堡（今梅州市梅江区攀桂坊）人，与著名诗人、外交家、思想家黄遵宪是同族远房兄弟，均为攀桂坊黄氏开基祖黄恬生的裔孙。

黄荐鹗生于晚清，早年师从邻近的宿儒杨穆吾，又曾在东山书院读书，于弱冠之年考中秀才入庠读书。1905 年 9 月 2 日，清政府下诏宣布废止科举、兴办学堂，实行了 1300 年之久的科举制退出中国历史舞台，无数知识分子通过科举考试进入仕途、从而改变自身命运的路径作古，黄荐鹗像其他知识分子一样必须寻找新的出路。

1906 年，黄荐鹗以秀才身份考入广东法政学堂，成为广东法政学堂的第一届学员。清末民初广东风云人物陈炯明也同时入学，成为黄荐鹗同班同学。陈炯明后来加入同盟会，秘密从事反清活动，学业难免分心，时常在功课、听课笔记上求助于同窗黄荐鹗，两人友情甚笃。1911 年 10 月，武昌起义后不久，陈炯明被广东军政府推为代都督，黄荐鹗能出任民国时期饶平县的首任县长，除了自身的资历外，两人的私交也起到一定作用。在黄荐鹗的诗集里，可以看出他与陈炯明的交往，伴随着政局变化带来的宦海沉浮。

1913 年“二次革命”后，陈炯明因反袁失败逃亡海外，黄荐鹗也失去饶平县长的职务，经汕头北上，先后游历上海、天津、北京。此后，他可能得到同乡好友杨少穆（其启蒙恩师杨穆吾之子）的引荐，沿长江入四川，任梁山县知事。黄荐鹗晚年游历福建漳州，去世前任广东海康分庭检察官。他一生走遍大江南北，耳闻目睹中日甲午战争、戊戌变法、义和团运动、晚清新政、辛亥革命、“二次革命”等历史事件，接触的历史人物众多，人生经历丰富，这些都在他的诗歌作品中有所反映。

诗歌创作重平实，记历史风云变迁

黄荐鹗喜爱写诗，养成走到哪里写到哪里的习惯，把所闻所见所思付诸笔端，其诗平易晓畅，客观记事，践行黄遵宪提倡的“我手写我口”，所到之处未有遗漏，作品编年成集，具有很高的文献价值。

“同为爱国知名士，偏受龙逢惨酷刑。北阙呼冕天不雨，东园秘器夜沉星。岛夷未灭身先死，越寇飞来眼始醒。抄蔓传来瓜实尽，何人都下吊君灵。”1898 年戊戌政变失败，谭嗣同等六人惨遭杀害，黄荐鹗写出《哭六君子》，表达对六君子悲惨命运的深切同情和沉痛哀悼。在他的《适可庐诗集》中，很多是写他自己的所见所闻所感，细腻描述了当时的社会现状，抒发自身情感。如《哭海军》《哭朝鲜》《哀党人》《外国联军入京》《羊城兵变》等，反映了一个知识分子在国家衰乱时期的真实心态。

黄荐鹗的五百多首诗里，有相当篇幅是描写他早年读书生涯以及清末民初梅县风光与风情的，在那个缺乏照片的年代，他写实的作品可谓真实记录梅县的历史画卷。如《树湖听戏》：“梅城丝管演三秋，非赵非吴非越讴。座上周郎人不识，曲中有顾问伶优。”真实反映那个年代，梅城居民在今天南门商业广场附近树湖坪祈福，表演民间曲艺的热闹景象和戏曲的内容。他在《松口安济庙》提到：“古庙岩岩镇恶溪，化除鳄患媲昌黎。崇宁赐额褒安济，桑梓蒙庥仰福禔。”过去对庙里祭祀的安济侯身份，人们曾出现梅鋗和水神两种说法的争论，诗人认为安济侯是水神，而且是在宋徽宗崇宁年间赐额的。

总之，《适可庐诗集》蕴含的地方史料价值，对于研究梅州的晚清历史，澄清一些迷雾，绝不亚于梁伯聪的《梅县风土二百咏》、张芝田的《梅州竹枝词》。有别于前者的是，《适可庐诗集》取材范围更广，涉及大江南北以及四川少数民族地区的风情；其编年体例，颇有日记味道，史料价值更胜一筹。因作者与陈炯明的私交，诗集又为历史学家提供了一份研究陈氏的历史文献，殊为难得。

《适可庐诗集》在黄荐鹗生前基本定稿，他去世后，其子黄复生经过整理，请黄荐鹗生前的同乡好友吴凤声、廖道传作序，在新会付梓出版。由于历时有年，加上当时印数较少，原书目前存世极少，且为繁体竖排线装，于一般的读者而言存在阅读困难。为此，出于保存抢救客家历史文献的使命，嘉应学院客家研究院决定组织有关专家，对《适可庐诗集》进行点校，并做一些注释，补充作者的相关史料，使蒙尘已久的先贤诗文得以付梓再版。

刘奕宏

2016年12月6日

《适可庐诗集》序一

余既宰新会三月，黄君复生任邑属河村公安分局，以事来谒。袖出其父荐鹗先生所著《适可庐诗草》一卷，泫然谓余曰：“先君从政半生，无长物，仅遗此，又未付剞劂，敢请公叙其端，并有以助其成。”

余于荐鹗先生为故交，义难却，亟许之。政务余暇，为之披读一过，见其音韵铿然，格调圆润，多可传诵者。而五七言古今体俱备，尤以服官时摅怀即事诸作，能寓与民同忧乐之意。宜其历宰饶平、梁山，皆著政声，深得地方人士爱戴，不失为良有司也。

是稿分上下卷，都五百余首。先生遽卒于海康官次，未及一度删订，颇致遗憾。然诗所以道性情，今先生之诗皆从性情中出，是则存此，益足以全其真乎！复生以藏稿既久，付梓之心弥切，因书以与之。

同里吴凤声序于新会县官廨

《适可庐诗集》序二

余尝谓士人策名仕籍，其与人民亲切，权专而尊，可本实心以行实政者，惟牧令为然。而本其所历，发为诗文，使夫地方利弊，民生忻戚，情不虚构，言有实落者，亦为牧令能之。何者？今夫隐沦羁谪之士，纵雅矢忠爱，极论得失，只属空谈。而贵势高显之流，则又往往规抚《雅》《颂》，刻镂金玉，宫殿旄麾之气充溢楮墨，于忠国爱民之谊，犹纡而不切也。

惟夫躬膺民社之牧令，凡自政教、兵刑、农田、水利、林牧诸大端，以暨山川、古迹之名胜，人物事状之奇诡，靡不迹涉。神留境触情往，得失喜愕，激发乎文章，以写其忠謇郁悯之致，而非徒为吟风啸月之词。自元道州《舂陵行》，以迄近世黄莘田《筑基》《赈粥》诸篇，虽高下不同，其趣一也。

同邑黄继衡太令，家贫力学，弱冠后以文鸣庠序间，亦雅嗜吟咏。而余多远游，未之见也。迨君入民国，以劳资擢宰本省饶平，继又出宰四川梁山，中历司法官吏，卓有政绩，地方戴之。前后十年。益自喜为诗，诗且日益富，顾余亦未数数见焉。十一年，君任海康分庭检察官，以疾回省。与余重遇粤秀山下，间出所著，洒然有异，余方重君诗，诣之日进无已也。无几何，君竟以疾卒官，其子复生乃抱君所为《适可庐诗草》，请余为序，余乃得遍览君诗之全。

曰：嗟夫！君其可谓诗令尹矣乎？盖君之身境不退而隐，不贵而显，故其为诗无空谈，无侈语。而其仕迹南暨潮雷，西北穷岷峨，中历燕、齐、吴、楚。江海之幽深，山岳之俶诡，人物谣俗之瑰谲，皆足以激发意气。而运丁、改革、政刑、纷纠、感事、摅怀，尤多慷慨沉咽之思，虽其构旨遣词，时若有凡，近而质鲁者，然直抒性情，不事雕饰，弥见其所语之从肺腑出也。君与人境庐主人[1]同族而居，相近于诗，故有所宗淑。然与君同时，有声乡邑，或更显著者亦有之，或未能有所成就，而君遂能成就如此，是其可重也欤。复生欲以君诗付槧，余因序其端而归之。

三香山人廖道传叔度书

注：［1］人境庐主人：即黄遵宪。

目录

Contents

上　卷

下　卷

附　录

上　卷

铁汉楼[1] 怀古　壬辰[2]

（二首）

太息同文党狱成，孤臣蒙难竟南征。
洞庭月落鸣猿鹤，梅岭宵深泣兔鼪。
投险六年经瘴疠，为官三贬励艰贞。
京惇柄国寻仇日，判使如飞杀气横。

豪吏怀刀入敬州，公闻谈笑若忘忧。
狂奴故态仍酣饮，猾贼奸谋幸未售。
朝士几人钦殿虎，使君随意伴江鸥。
而今汴阙成灰土，独有丹心照古楼。

注：［1］铁汉楼：铁汉指被贬于岭南的北宋谏议大夫刘元城。明崇祯年间，梅州地方官在北门城楼纪念他，被称为“铁汉楼”。梅州地方诗文多有提及，如黄遵宪的《铁汉楼歌》等。此外，梅州市老城区有“元城路”。

［2］壬辰：1892 年。

梅城春望

含光楼外得春先，故国河山景倍妍。
锦水涨添红杏雨，金山草长绿杨烟。
座中风物归吟趣，眼底韶光胜去年。
拄笏饱看情未已，红云高处几推迁。

过小溪

板屋云连傍水边，我家先宅尚依然。
人来桂里庞无吠，地接桃墩路不偏。
摄叶懒敲东阁磬，传芭代舞隔溪烟。
生无燕颔鳌头相，灵济桥前作散仙。

读《太史公自序》

昔有公孙善舞剑，作书之人师入妙。
亦有庖丁善解刀，养生之家学维肖。
善学古人尽如斯，异类同情相感召。
子长之文不在书，泥此以求失奥窍。
此公一生最喜游，足迹不肯一日休。
天下山川遍历尽，以助吾气纾烦忧。
南浮大江泝淮海，惊涛骇浪与天浮。
公文浩漫不可遏，有如狂澜助逆流。
上望洞庭溯云梦，远接彭蠡入中州。
公文渊深不可测，有如湘水涵清秋。
巫山嵯峨九疑矗，暮烟遥罩苍梧邱。
黛色参差作娇态，公文妩媚差足侔。
渡湘远吊三闾墓，鱼腹之骨尚如故。
泛沅追悼二妃魂，斑斑楚竹留清趣。
公文感愤而激昂，毋亦取材在斯数。

北行直过大梁墟，楚汉战场犹险固。
想见喑呜谩骂声，使人胆怯心欲怖。
世家龙门念禹功，巴蜀蚕丛伤远路。
公文崭绝不可攀，譬若摩崖上云雾。
亦尝讲学齐鲁都，曲阜遗风如或遇。
此身彷徨汶泗间，邹峄名流愿趋步。
公文典重又温雅，有若正人君子度。
乃知天地万物，可惊可愕，可使人忧，
可使人娱，可使人悲之境，史迁尽取为文章。
变化出没不可测，吐纳天地包遐荒。
宇宙奇观何异昔，随地得师能获益。
乘兴南游挂海疆，江南景物入缣缃。
拂剑倚天发长啸，燕赵悲歌成别调。
关山牧马楚江歧，屈子离骚写怨悲。
风雨杨花秦陇暗，老子道经言清淡。
西行千里下三巴，相如文采助清华。
回来再试雕虫技，尺幅残笺洛阳纸。

文公祠[1]题壁

兵燹摧残古敬州，孤臣殉难足千秋。
梅峰凛凛标高节，程水悠悠溯壮猷。
治绩循良传志乘，儿孙文字绍箕裘（公子星瑞官琼崖道，孙廷式及第）。

旧祠名宦今犹在，风雨涛声壮古楸。

注：[1] 文公祠：即纪念咸丰间嘉应州州牧文晟的祠宇。文晟，字叔来，江西萍乡人，曾两任嘉应州知州。1859 年，太平军攻破嘉应州城，文晟死难，嘉应州士绅在州城内西南建祠纪念，名文公祠。文晟的孙子文廷式（芸阁）后中进士，是晚清著名的维新派人物。

闻父老谈发逆之乱

盗弄潢池过廿载，有人挥泪哭余生。
金陵王气终恢复，铜马枭雄尽殄平。
衡岳旌旗瞻帅驾，故乡板荡赖长城。
我侪幸值升平世，烽火无惊仰圣明。

半年夜不成寐

赋性生来是朴诚，青毡[1]学业愧无成。
十年马帐忧驹隙，终夕营囊苦舌耕。
卧后愁闻风柝响，宵深怕听露虫声。
欲寻黄妳[2]通消息，斜睨疏棂[3]曙色明。

注：[1] 青毡：清寒贫困的生活。

[2] 黄妳（nǎi）：亦作“黄奶”，书卷的别称。

[3] 疏棂：房屋稀疏的窗格。

大雪行

（壬辰大雪满地，为历年所未有）

忆我丱角年，蜡寒知有雪。及后时序乖[1]，寒暖苦无节。
每值杀雀天，羲和犹示烈。何期今岁寒，到处霏玉屑。
枫林脱叶干，檐瓦浮尘洁。举笔欲哦诗，墨痕冻不析。
围炉助清吟，炙手觉可热。遥想灞桥[1]边，诗情工点缀。
白战心当先，不许持守铁。何若卧袁安，往来皆轼辙。
我闻旅客艰，长途指欲裂。驿路断人行，王孙泣宝玦。
貂裘敝可怜，上书力既竭。萧萧薄寒天，闭门空泣血。
又见穷檐人，饔餐久废缺。短褐不被身，鹑衣经百结。
苦寒不出门，忍饥气将纪。凡此无告民，王政当提挈。
我非丰素人，见之尤凄切。文史足三冬，学成将发泄。
安得广厦成，寒士免踵决。

注：[1] 乖，原文为乘，应为乖，不顺的意思。

[2] 灞桥：原文为霸桥，应为灞桥，位于西安市城东，是一座颇有影响的古桥。

抽茧吟 癸巳[1]

蚕丛辟蜀栈，到处出山茧。古梅民俗勤，商贾贩为绢。
篝火夜千家，抽丝成匹练。入市售金钱，藉作添薪膳。
我有萱堂亲，家计苦清贫。悯儿无书读，终夜竿垂纶。

抽成千缕絮，价值重几缗。为儿市纸笔，为儿市衣巾。
买膏照儿书，买书授儿读。儿读稍倦勤，敲朴同师傅。
母茧不忍停，儿书读如故。儿读毕经史，母茧犹未止。
直至红鸡鸣，母茧始停指。朝今儿上市，得钱辄心喜。
母尝对人言，望儿通文理。他日登龙门，拖青并纡紫。
胡儿十三龄，母遽溘然逝。母茧犹未断，母训犹在耳。
苒苒十余年，慈母长已矣。儿犹坐青毡，未能跻显仕。
空负画荻恩，涕泪宁有已。他日云路通，文章重卢李。
宫锦五色衣，不由母茧成。象服六珈授，不及母身绣。
母德在吾身，母容悬座右。杯棬[2]不能忌，手泽常如旧[3]。

注：［1］癸巳：1893 年。

［2］棬（quān）：〈书〉曲木制成的饮器。

［3］原稿该句缺“旧”字。

感士不遇

丈夫志四方，心实慕轩冕。上书学苏秦，立论同邹衍。
倚马试万言，典司不入选。命实不由人，胡为贪玉铉。
我生非幼聪，廿年耽黄卷。伯乐苦不逢，壮怀难自遣。
抱膝老空山，门庭车马鲜。始信我平生，命途实偃蹇。
龙嘘气无云，蚕吐丝作茧。虀韭不登俎，牛马实恋栈。
与其游列邦，贻讥丧家犬。曷若衣布衣，克储庙堂琏。
从古明达人，何尝遇贵显。至德如汤文，幽囚终不免。
孔孟老风尘，颜冉罹妖舛。圣贤尚如斯，余子何如辩。

题镇江寺

晚行策杖过芳洲，萧寺苍茫夕照收。
竹径花香容小住，蒲团絮果证前修。
法门不见僧持忏，禅榻都藏女自由。
到此尚留尘俗气，不闻钟警不回头。

游百花洲[1]

平生无志卧沧州，偶作蓬壶汗漫游。
独领乡关云水趣，回来有梦入江鸥。

注：［1］百花洲：位于梅江与程江交汇处，曾经繁华一时，多有诗文咏诵。现因河道改变，不复存在。

树湖[1]

半湾锦水向南流，城市山川景倍幽。
醉后扶筇看画意，夕阳芦荻一江秋。

注：［1］树湖：位于今梅州江北老城区金利来大街东段。树湖坪为程江与梅江交汇处的一个凹入的小港湾。树湖坪其实是梅城的水运交通枢纽中心、货物中转站。

扫墓遇雨

郁郁佳城暖气烘，山形如枕秀灵钟。
芬流五世牛眠卜，血食千秋马鬃封。
雨过松楸烟欲暝，云移碑碣翠犹浓。
湖边绿水云中树，数典难忘祖泽丰。

惜才篇

高冈百尺桐，凤鸟巢其顶。饥而下求食，耻与鸡鹜等。
座上有弋人，一弹中其胫。我为凤兮悲，德衰冒锋铤。
朝阳有旧巢，胡不凌高迥。坐令下民侮，身首饮刀到。
我闻淳衍偶，悬河侈辩口。朝或列要津，夕或作囚首。
又如贾董才，壮志奋风雷。君恩终莫及，文字隐蒿莱。
凡兹智能士，志期百世俟。名不列云台，天昏实无耳。
鉴往即知来，得失何悲喜。

感良友游

子期一死牙绝琴，人间何处是知音。
势利交游满天下，王孙泣路泪沾襟。

论交六首　甲午[1]

患难交

朱家郭解为谁生，入肆枯鱼免割烹。
空柳捐生能让命，翳桑疗饿敢忘情。
望门投止怜张俭，居室同分仰郑成。
迁史成书尊任侠，偶因知己不平鸣。

注：［1］甲午：1894 年。

贫贱交

苍天不欲困英贤，班史胡奴赠米钱。
含菽清谈时过访，种瓜互给倍殷虔。
十年旧雨灯前酒，半榻寒霜座上毡。
范叔岂真无达命，一寒犹动故人怜。

生死交

生存华屋忽山丘，旧日苔芩别墓楸。
廉范主丧怜薛汉，荀君后事托钟繇。
素车白马来元伯，美景良辰忆夏侯。
从古奇才无达命，声名多待故人留。

羁旅交

芳草天涯滞异乡，有人茅店共风霜。
宵来龙具怜君冷，客里鸡坛莫我忘。
伯玉远来争接草，郑庄去后不斋粮。
笑他踽踽孤行士，独客西风鬓影凉。

文字交

图史千章酒一樽，醉觞名士入吾门。
韩苏学业同今古，李杜文章细讨论。
楚国风骚怀宋玉，洪都宾主慕疏蕃。
安排八尺元龙榻，日待词人枉故园。

势利交

钟鸣鼎养故侯家，酒食戏游不厌奢。
七相五公夸世族，攀龙附凤慕豪华。
黄金气尽交情减，紫府人来礼意加。
金出三千天下门，炎凉世态曷胜嗟。

景程轩晚眺

（二首）

柴门非此地，暝色何苍苍。绿树连平野，浮云翳大荒。
河山增感慨，风月几沧桑。多少兴亡泪，临流尽一殇。

步入观澜阁，临风趁晚秋。开窗环锦水，把盏宴花洲。
野鹤鸣天半，帆船噪渡头。家居无胜景，到此豁吟眸。

元夕有感

旧年人到今年老，今夕灯红似旧年。
人老不如灯不老，年年照见物华迁。

新春郊行

（二首）

雨过尘清曲径三，春郊燕语听呢喃。
绿杨村畔花千片，青草堤边水一潭。
处处乡傩人语杂，家家祈谷酒痕酣。
韶华一入游人目，搦管龙骊颔下探。

香尘踏遍短长亭，城北城南路亦经。
桂里[1]东连溪水碧，花洲西接锦江青。

眼前风物非畴昔，乡里闲游爱性灵。
程水烟花都看尽，今年春梦醉初醒。

注：［1］桂里：位于今梅城攀桂坊。

晚宿东山书院

（三首）

太傅风流不复作，东山丝竹属何人。
小溪桥畔波如锦，暂借吾侪醉后春。

梧桐庭院石桥东，绛帐人人效马融。
梅岭英才钟此地，书声夜噪鲁灵宫。

隔岸人家板屋稠，阿奴敢学侠邪游。
联吟竟夕忘归思，听到钟声响寺楼。

游周溪[1]

状元桥畔夕阳低，王谢同居水一堤。
刘铢瑶图留窣堵。周颐精舍接前溪。
故乡山色如人意，夹道烟云滞马蹄。
指点钓游行乐地，几人联袂上丹梯。

注：［1］周溪：为纪念宋朝理学家周敦颐而名，起源于梅县石扇镇的巴庄，于梅城东山注入梅江。

游高西岩

萧齐默默守吾玄，蓬葆观书历半年。
只为论文来梵宇，岂因媚佛到诸天。
仙桥榕绿神龙化，灵境松阴老鹤眠。
岩谷不因人事异，烟霞契合尽名贤。

哀辽东　甲午

（甲午辽东之败，割地求和，国人引为深耻，始议维新，作哀纪之）

粤自光绪亲政年，天假倭寇祸穷边。
始占琉球继高丽，乱华祸首称刘渊。
维皇神武气盖世，蓄怨东夷至流涕。
痛心藩服被鲸吞，引师欲向黄龙抵。
中原豪杰尽摧心，祖逖闻鸡中夜起。
于时敌氛逼辽阳，进军鸭绿经凤凰。
天子劳心在宵旰，忍教夷虏势披猖。
乃遣信陵驰救赵，并命虞诩平诸羌。
内奉仪母敦孝德（时西后撤帘，光绪仍禀命），外呼我士趣军装。
六计称奇期制胜，诸军挟纩奋龙骧。
何期浑浚素不睦，不揣敌势各争先。
莫敖举趾知必败，两广无复庆生旋。
登州盖平次第陷，继破金州及大连。

嗟彼失败何自起，首由主将心先死。
克扣军粮减月工，士马餐冰神疲委。
刍粮缺乏饥鹰飞，三军不战望风靡。
从此羽林骑士兵，望见敌阵辄先惊。
拔寨斩关终夜遁，匹马刍粮益受损。
江东既为孙策吞，河北复召方平反。
极目营口数万程，沙崩石破山岳倾。
一闻边塞征鼙起，士气倾颓堪发指。
烽火直通甘泉宫，舒翰力难支劲敌。
求和始派李邦彦（命李鸿章为全权大使），割地赂秦甘息战。
订约马关失利权，人人谈虎神色变。
吁嗟乎！
堂堂大国失败一至此，凡有人心胡不耻。
辽东一时苦乱离，将来受害不在兹。
势力蔓延及内地，江海不能实漏卮。
天道无往而不复，亡羊补牢犹未迟。
尚望举国重武功，朝野同寅矢协恭。
班超得遂封侯志，伍员终奏灭楚功。

哭海军

（以下八首均指辽东之役）

十年楼橹为防戎，一遇交绥罔奏功。
未有矛弧威敌国，欲将箠楚折群雄。

倭军甲胄来天半，汉将旌旗倒海中。
鸭绿江头金鼓息，不堪回首望辽东。

哭降将

误国庸臣乏壮猷，师行无律退无谋。
一闻敌舰鸣金鼓，愿竖降幡出石头。
苏峻怀奸祸东晋，庶其书盗出闾邱。
丧师辱主谁为首，竖子原来少莨筹。

哭清廷

十二楼船泣楚囚（海舰尽为倭夺去），汝昌降帜最先投。
顾荣羽扇藏笥箧，羊祜醇醪饮敌仇。
箕子遗封伤玉玦，台澎属地缺金瓯。
奏书群请诛张咏，房杜差池乏断谋。

闭关日久尽鸿沟，当道加冠类沐猴。
书有莫闻苏季上，天崩不见杞人忧（时少人谈时务）。
岳飞转战终无补，殷浩书空不与谋。
从此沈阳征战靖，榆关门外怕停驺。

哭朝鲜

辽阳一溃客心悲，鄗子归来恨太迟。
水绿山青增感喟，鸟啼花落尽哀思。
故宫禾黍秋深日，旧苑蘼芜月落时。
冷骨残灰磷火盛，荒城乔木半摧移。

哭远人

烽火无端入沈阳，秦嘉远道泣离乡。
凤凰城下烟尘黑，鸭绿江边战血黄。
泣路王孙成落魄，到门妻妾下华堂。
东西极目辽河远，肠断家山泪满行。

哭佳人

消息遥传到碧豀，悔教夫婿戍辽西。
金州门外斜阳闪，锦字文中血泪嘶。
白骨黄沙来午梦，寒砧夜月动深闺。
蕉心懒把蛾眉扫，斜倚红栏掩袖啼。

哭俘虏

铜头铁额暴关东，肉食无谋鲜效忠。

竟有荀莹忧衅鼓，愧无虞诩策平戎。
丁年冠剑身还在，午夜胡笳梦未终。
欲学楚囚归未得，萧萧寒水咽秋风。

腹笥[1]歌　乙未[2]

（中国之书经史子集，汗牛充栋，读不胜读，感而作此）

仲尼既没微言绝，百家蜂起拾残缺。
降及祖龙燔诗书，仅有医卜得存储。
汉兴广开献书路，赝本杂陈复如故。
班马搜集百氏史，各引一端宏厥美。
嗣后诸子相继兴，摭拾传闻无当旨。
人生精力苦无多，半为蠹简所消磨。
太古本来无史契，人心浑噩亡乖戾。
自后书册历年兴，发明索隐多流弊。
辎轩黄车神异经，汗牛充栋万万计。
冬烘学子老青毡，皓首明经不登第。
何如孝先腹便便，吐纳百家成箧笥。

注：[1] 腹笥（sì）：腹中所有的学问。

[2] 乙未：1895 年。

读王船山《读通鉴论》

明季纲纪弛，东林复社起。士习重党争，倾轧靡有已。

先生深闭藏，不随俗波靡。载读公此书，治乱明终始。
上下数千年，穷原且竟委。立论黜申韩，措词关国是。
凡属君父间，议论循正轨。当时士大夫，举事乖伦纪。
朋党风尚开，俗败伊胡底。先生持义严，淡然求诸己。
风节有可钦，阐扬及闺美。纤类有未蠲，讽议及朝士。
劝戒既昭明，千秋宏厥旨。余更有所悲，宋明诸学子。
好讥弹古人，实未窥全史。钱时责萧何，任听六经毁。
胡寅讥晋元，谓当复牛氏。凭空逞臆说，谬无当事理。
曷若先生书，微言动遐迩。辨别古今人，句栉字如比。
议及朝是非，绝不涉诋毁。搢绅[1]家读之，可以明臧否。
经生家读之，可以别疑似。叔世人读之，可以励廉耻。
吁嗟先生书，吐纳百川水。文学之津梁，史家之涯涘。

注：［1］搢绅：同“缙绅”。

炎凉世态

庸流媚骨自天成，何恤乡闾月旦评。
重富轻贫原俗态，畏强欺弱本常情。
阅人转觉秋云厚，处世方知蜀道平。
吾意不随波上下，孤高踽踽道难行。

悯俗　丙申[1]

（五首）

末俗江河日下移，诡随谱入国风诗。
排除异己工罗织，任用私人酿祸机。
清浊行为陋卓茂，纵横巧辩学张仪。
黄农已殁夷齐死，门户歧分党籍碑。

汉代班生难再得，不闻谠论到人间。
乐羊返国书盈箧，和峤居家性惜钱。
爱士谁能开广厦，嫉人直欲坠深渊。
陆沉未敢来金马，闭户重翻庄子篇。

世乏公平郑国侨，阳秋褒贬是非淆。
罔谈忠孝排宣圣，崇尚新奇薄帝尧。
暗嗾党争兴大狱，假名舆论起风潮。
群邪倡和成菲锦，黑白无分信口哓。

巨蠹神奸罗禹鼎，诚人鬼蜮首当烹。
折衡尽可师聃李，恤御何妨效晏婴。
杨震还金勋业烂，马援刻鹄子孙荣。
闲披黄帝阴符学，从善如登欲海清。

乡校类掺月旦评，敢云彰瘅跻公平。

杨雄上颂称新德，光武论功遣歙名。
夷惠非廉跖非溷，申韩奚刻老奚清。
史臣臧否因成败，后世薰莸辨别明。

注：［1］丙申：1896 年。

凌风楼怀古[1]

（二首）

半壁东南值乱亡，文山仗义独勤王。
出师闽赣军声振，驻节潮梅号令张。
一木力难支大厦，五坡天竟夺元良。
崖门入夜蛟龙泣，赢得君臣泪满行。

楼阁凌风集杜诗，召郇棠黍系人思。
郭公建宇崇明德，曹令庀材葺旧基。
劲节难忘燕市狱，瑶章胜读沁园词。
枢臣到此刚三月，遗爱犹存堕泪碑。

注：［1］凌风楼：明万历年间，潮州知府（当时梅州隶属潮州府）郭子章为纪念文天祥而建，位于梅城老南门楼上，现梅城有凌风路。

励俗歌

乔岳积高土，故能兴云雨。江海会朝宗，故能纳鱼龙。
杯水覆坳堂，芥舟仅足航。鲁缟层累积，御寒等裘裳。

人能尊德性，积厚自流光。鬼瞰高明室，盗畏有道乡。
商王修内政，桑谷立时僵。宋公恤民隐，荧惑不为殃。
常守丹书诫，动作罔不臧。末俗人心诈，江河悲日下。
欲出挽狂澜，首宜敦教化。务实必去华，崇王必黜霸。
道义必躬行，师友必亲炙。勿忍恝伦常，勿乞怜昏夜。
勿欣慕鼎钟，勿纷心台榭。勿欺凌孤贫，勿忘情姻娅。
出则为苍生，霖雨苏华夏。麟趾怀其仁，骥足胜其价。
处则入山林，啸歌写幽暇。衡泌可栖迟，甽亩可耕稼。
吁嗟习俗偷，淳风尽凋谢。羲农不再生，诈术乃久假。
世无砥节人，奸伪实可怕。大力挽危潮，管子其流亚。
立国在四维，妖言可立罢。

辟谶纬

三代以前无谶纬，嬴秦方术始纷乘。
卢生入海亡胡速，高祖戕蛇促汉兴。
冰合滹沱人附会，星流彗孛说瞢腾。
宣尼不语缘何事，杜渐防微寓劝惩。

夏屋茶亭小憩　丁酉[1]

（三首）

三月南薰麦正黄，松楸岁拜墓门光。
鸠湖放眼频看厌，几个卢仝辨茗香。

十年足不出蓬庐，日执铅黄伴蠹鱼。

衣上缁尘犹未染，故乡云水遂吾初。

程江何处觅归途，日落山村雾满湖。
记得长亭刚十里，不须前路问征夫。

注：[1] 丁酉：1897 年。

重过锦江亭 [1]

春到梅江五里亭，夕阳江畔草青青。
可怜亭址长如旧，未必人生迈百龄。

注：[1] 锦江亭：在梅城北十余里，又名五里亭。

述怀

君相能造命，先哲有是言。我亦犹是人，胡为信太玄。
佛老言阴骘，为官覆公悚。不能勤篦蘼，敢望天雨粟。
新莽好言天，身随斗柄宿。周礼误苍生，万民欲食肉。
晋俗尚清谈，尘尾随车服。世事等浮云，中原已失鹿。
何如尽人事，终可转天心。商王修内政，桑谷不为祲。
宋公恤民隐，荧惑不来临。汤切桑林祷，立时沛甘霖。
必云任气数，胡足论古今。我慕君子德，穷通不为惑。
陋巷乐颜回，饥溺勤禹稷。天未丧斯文，吾道有人识。
春风马帐中，管弦意自得。流水遇钟期，声华驰绝域。
九万起鹏程，扶摇蔚南极。

屈平

（二首）

世俗汶汶我独清，达人何故与天争。
沉江莫怨逢渔父，呵壁何为问楚卿。
爱国忠魂归梦泽，忧谗孤愤壮湘衡。
最怜旷代才无几，一遇鸩媒难幸生。

东箭南金蔚异才，不逢三合弃蒿莱。
沉埃莫补池中罐，拨火难消灶下灰。
羿奡力终移国祚，颜会天竟靳盐梅。
英贤自古嗟无命，何独湘沅屈轶材。

素位

身外功名敝屣轻，何须卜祝问君平。
商君枉道尸车裂，主父贪天鼎俎烹。
屈子赓骚经可补，河汾著录世知名。
眼前鸥鹭添机趣，显晦随心过此生。

登水月院

天风送我衣，上登水月院。流水去不还，皓月来相见。
分光动箕尾，照影迷人面。相对共绸缪，把盏重开宴。

哀党人　戊戌[1]

（甲午辽东之役，割地赔款，一蹶不振。光绪主锐意变政，因处置内廷不慎，为太后所制，一时维新党人均被放逐，甚或被杀戮，时论惜之）

疾风振海浸稽天，鹏欲图南鸥跃渊。
跛浪嘘风九万里，将由北海入幽燕。
何意罡风中路下，飞跃无门难变化。
同游鼎釜豆萁煎，弹弓一发鸟高骞。
扶桑烈日由东出，炙烁中州人皆栗。
燕雀处堂忘后灾，兄弟操戈祸同室。
哲宗听政不多时，复见宣仁受朝粥。
蔡京侂胄得再生，司马焉能不罢黜。
此辈清流投浊流，非遭戮辱即放逸。
瓜蔓抄来子更稀，大索都门传警跸。
当世恨无皇甫嵩，人才禁锢国虚空。
众鳞甘饱鲸鱼腹，河伯有灵术亦穷。
千古党狱由义烈，祸乱相寻如一辙。
东汉桓灵锢诸贤，黄巾祸起祚将绝。
宋禁道学元气亏，金狄肇衅国随灭。
哀我党人莫怨嗟，时局将衰栋必折。
子胥鸱夷浮入江，昔人早已先饮血。
莫将两眼抉东门，留看越寇来如瞥。

注：［1］戊戌：1898 年。

变政风潮起，闻康南海梁任公均逃

维新志士仰先锋，海内人才属此公。
木铎一声钟应律，昙花偶现鸟惊弓。
闲身拾得芝罘石，他日还乘岛海篷。
闻道京门行大索，谁知天外两飞鸿。

哭六君子

同为爱国知名士，偏受龙逢惨酷刑。
北阙呼冕天不雨，东园秘器夜沉星。
岛夷未灭身先死，越寇飞来眼始醒。
抄蔓传来瓜实尽，何人都下吊君灵。

剖豆歌

（日本还辽之后，各国要索租借地，各条约均订于今岁。戊戌赋此志感）

噫吁乎！
嫖姚既死李广亡，瀚海云飞胡虏强。
封豕长蛇食上国，神州赤县尘昏黄。
朝无向宠娴军事，乃令魏绛和诸羌。
舌战莫能收五利，海权相继入虎狼。
忆昔辽阳动鼙鼓，东瀛倭寇竟跳梁。
箕子遗封久隶服，一朝拱手入犬羊。

充国既无御边策，刘锜亦乏破虏方。
包胥勺水不入口，幸赖秦师复故疆（甲午之役，中国求助于英俄及各公使，俄人纠合法德逼日人还我辽东，自后三国之责报孔奢）。
非我族类心必异，功成责报虎口张。
德为租借开戎首，俄罗英法实滥觞。
险要港权归彼族，海军无力扫搀枪。
噫吁乎！
神州地处亚中央，濒海之地多雄疆。
三十年来国无事，文酣武嬉守故常。
瓮里醯鸡怡堂燕，安知蚕食将为殃。
吴子入盟主中夏，单于视学升讲堂。
柳浑先料彼异志，任尚徒总其大纲。
坐令猰貐习成性，吞噬搏挈势披猖。
和亲未遂匈奴志，要盟更欲饱贪囊。
渊勒踵起乱华夏，春秋中外失大防。
昔年割地因失败，今日寻盟为索偿。
前门虎除后狼进，爪牙之性本无良。
名为租借实割让，痛哉里语惕舐糠。
君不见通商五十有余口，群雄豆剖侵我疆！

夜梦环游祖国歌

蓬荜闲居二十年，方舆一幅费钻研。
茫茫禹踪九万里，耳闻不如目睹美。

昨宵梦作汗漫游，安排琴剑买行舟。
初由鮀浦来黄浦，马援画图看江沪。
蜃楼海市幻成真，金碧玲珑光栋宇。
南朝金粉北胭脂，金缕歌声叶霓羽。
搢绅富贵归故乡，移居租界足徜徉。
出则佳人随玉勒，入则珠贝满华堂。
日食万钱无下箸，昼夜一灯芙蓉芳。
来往宾朋半珠履，呼幺喝六声琅琅。
群奸借作逋逃薮，终日挟妓弄银珰。
万镪龙图挥霍尽，巧为翻戏攫人囊。
三十余口帆樯聚，商人半为钱神忙。
愚园张园姊妹党，少年恣作吊膀场。
流连数日忘回驭，遥向天河拆津去。
乾清宫殿颐和园，黄金为台玉为署。
千门阊阖宫扇开，髦头止我庶民来。
但看黄散诸公族，诞育石麟膺世禄。
叔子生来有夙根，伏波自幼属人目。
璧人市上羡声华，金马门前秉当轴。
文旆频来显客车，棘门照耀朱丹谷。
象笏满堂珠满庭，中有玉人贮金屋。
沿街策马小行人，护从元老游山麓。
扶车后有大长秋，兼作夫人宫中仆。
访闻此老是何人，中年秉钺作疆臣。
官经黄阁回珂里，林泉不乐还帝京。
余如街行尽簪绶，冠盖往来贵与富。

汾阳历廿载中书，谢傅作十五州牧。
元镇才子拜将军，荀羡少年跻侯服。
阃外黄钺得专征，朝中金瓯数枚卜。
回翔中外压山川，盛事胪传播海陆。
英京伦敦法巴黎，王恩恐无此纶綍。
据鞍直上居庸间，十三陵阙树参天。
蓟北烟云接宣大，万里长城秋欲霭。
榆关十里听笳鸣，飞鸢跕跕坠寒城。
断石为城树为塞，迢遥宁固黑云横。
辽源灌入通江子，燕赵悲歌传北鄙。
河冰夜合渡滹沱，杀伐之声聒吾耳。
氈裘大长今灭亡，尽是射牲游牧场。
□卢部落皆犬使，日饮驼乳兼貉浆。
邀友同作纥千雀，飞入大原行索郭。
道路无人歌并州，快取剪刀入囊橐。
素闻表海风洋泽，入境方知齐国强。
泰山突出海中央，负险直扼天下吭。
蜃蛤鱼盐民利赖，陋他图霸不图王。
洙泗渊源在伊迩，犹有弦歌闻阙里。
男儿生长齐鲁间，开口喃喃读论语。
俗悍民强乐战争，代有圣人能制止。
南下江陵溯襄阳，地势平荡连湖湘。
嵩岳巍峨腾紫气，历代帝王生此疆。
南望武昌达夏口，山川相窈郁苍苍。
眼中黄鹄矶头景，游屐虽经意犹骋。

大江南北筦中枢，出入群豪易为梗。
秋风汉上正愁余，一棹扁舟入鄢郢。
衡岳秋高橘柚芬，芒鞋踏破洞庭云。
渡湘远溯灵妃墓，泪竹斑斑尚如故。
平生愧乏贾生才，身到长沙梦亦灰。
谈经喜入离骚域，烂熳奇葩依水国。
临湖鼓棹入三巴，溪山重叠似吾家。
风雨鸣猿巫峡暗，芙蓉绕堞锦江鲜。
人言蜀都至可乐，杜牧诗酒薛涛笺。
僰女巳童歌婉转，使我性癖耽丝弦。
万里桥边征马息，郫筒客邸枕书眠。
阳羡山前慕苏子，支矶石畔问张骞。
无端西入八千里，又到函关遇聃李。
袖中搜出五千言，阅后东风吹马耳。
博浪沙中力士椎，三秦年少继起谁。
西京宫殿成灰烬，咸阳望族亦凌夷。
欲得中原须据陇，古人设险语非欺。
镐洛龙蟠资作障，崤函虎瞰山路岖。
袍衣士卒均习战，一夫当关莫我为。
杨花历乱迷人目，一出潼关拂尘服。
南回数日下桐城，皖山皖水争相迎。
对面青山绕城郭，道是江南喜鹊跃。
乘舟直泊石头城，宫阙巍巍拟京洛。
过江名士尽人龙，争尚南朝尘尾风。
夜夜秦淮听歌舞，日日玄湖弄箫鼓。

江上葱葱北固山，品题第一到人间。
当年试剑人俱杳，形胜何必夸江表。
白门杨柳春风归，长江落日送征骓。
回头不见钟山碧，琵琶江上现斜晖。
我非江州白司马，何愁谪宦泪沾衣。
扬舲倏入吴淞口，春申江头悯人狗
（黄浦江外国花园，竟有木牌写：中国之人狗不准入）。
更从湖上觅西施，淡妆浓抹想相宜。
茫茫海水分吴越，一舸乘风回南粤。
珠江渺渺白云横，陆贾光珠耀明月。
挂眼禺山看已疲，倚枕衾寒梦亦欹。
醒来忽喜忽自悲，非真非幻系我思。
神舟风景饱吾目，顷刻已化为朝曦。

读《孤愤篇》感赋

生平恃作韩公子，刻薄亡恩岂性成。
仰药只因谗间死，著书偏作嫉时鸣。
刑名漫诩尊黄老，法术何能剖斗衡。
十数万言工说难，渊源徒自侈荀卿。

感命

（二首）

中古以来世运移，天与人远数尤奇。
燕王逆取终传国，伯道存心竟乏儿。
周孔齐年功业异，颜曾同德寿年歧。
阴阳剥复爻难卜，休号明夷问伏羲。

草茅埋没尽英雄，不执台衡怨命穷。
市骨敢云真骏马，无云久虑困蛟龙。
相如献赋终园令，贾谊陈言谪楚中。
文字无灵千古憾，数奇奚止广难封。

张学使百熙[1]岁试毕回省，作诗送别

（三首）

星轺遥向五羊移，海内人文仰节麾。
粤秀菁莪沾雨化，岭南棫朴入风诗。
孙阳一顾成骐骥，匠石三年养梓椅。
自恨中年逢薛卞，千金骏骨市来迟。

熙朝典学重词臣，开道骅骝出紫宸。
名士旧钟衡岳气，文光高压粤江春。
杜陵诗思忧君国（公作秋兴诗，人多属和），屈子离骚寄泽滨。

余党株连兴汉狱，夫惟郭泰独全身（戊戌变政，公独免祸）。

张良儒者貌恂恂，爱世同扶大雅轮。
入海珊瑚归铁网，盈门桃李艳芳春。
使臣风化行炎峤，新进文章步后尘。
瞻仰斗山归粤海，不堪策蹇立江滨。

注：[1] 张百熙（1847—1907）：字野秋，一作冶秋，号潜斋。湖南长沙人。清末大臣，著名教育家。

关牧伯广槐[1] 回省送别　己亥[2]
（二首）

十年面壁学冬烘，细草今朝被惠风。
瞻仰斗山宁独我，栽培桃李敢忘公。
每思肝胆酬知己，难买金丝绣大功。
我负深恩如北海，鲸鱼犹自困池中。

乔梓声名列玉堂（关师长子冕钧入翰林），传家世业重青缃。
宣公门下多寒畯，管辂胶庠领众芳。
自幸乡邦来父母，愧难科第得贤良。
文翁四载西归去，卧辙攀辕去泽长。

注：[1] 关广槐：广西苍梧人，清朝政治人物、同进士出身，时任嘉应州知州。

[2] 己亥：1899 年。

树湖听戏

梅城丝管演三秋，非赵非吴非越讴。
座上周郎人不识，曲中有顾问伶优。

投笔叹

我生舞象年，家无立锥地。五经已读完，无钱购书肆。
偶入曹社家，琳琅开胸智。恨不张口吞，万卷饱吾饵。
忽忽廿余年，积书盈箧笥。奈命不由人，爵禄不余畀。
绛帐老年华，销尽英雄泪。嗟彼纨绔子，读书仅识字。
推毂藉亲朋，马前来执贽。一入相公门，辄自鸣得意。
苦我坐青毡，日夕穷经艺。伯乐竟不逢，伏枥悲良骥。
口诵干禄文，心不谙吏治。素志泡电灰，白发头颇易。
每当终夜兴，掩卷不成寐。何如效班超，投笔成大志。
烈士虽暮年，壮心犹未坠。久事笔砚间，终当老衡泌。

读史偶成

少年读诗书，时抱凌云志。一再遭折磨，雄心遽失坠。
屈膝媚公卿，埋头效胥吏。醯鸡瓮里鸣，虮虱裈中聚。
庸愚智量卑，罔谙天下事。问舍兼求田，以外无远识。
诸葛在隆中，将军竟三至。闻达不求人，道在能自治。
主司遇郑董，颜标蒙拔萃。典试非宣公，韩欧亦失意。

作合无定凭，但求守吾义，谑不效东方，荐不同毛遂。
良玉岂求售，精金不列肆。有美戒自夸，知希方为贵。
卞和不泣玉，何至足被累。祢衡不批鳞，何至身被刺。
屈原游江湖，死日成龙忌。贾谊哭长沙，君恩莫余畀。
古今真英雄，屯邅亦尝试。大鹏遇顺风，霄汉排虚翅。
设或遇罡风，身首落异地。腐儒守旧章，穷年耽经义。
发奋慕老泉，攻书忘寝食。一身困泥涂，操守屡更易。
投笔效班超，揣摩学苏季。生非将相才，妄冀成大器。

登黄沙嶂

天低四维如倚盖，手摘星辰分雾霭。
下视梅峰一撮泥，置身疑在青云外。

睡狮行　庚子[1]

大梦沉沉数千年，蛟龙震撼犹酣眠。
平生自诩毛群特，任人宰割神茫然。
莽莽神州九万里，青藏满蒙拓基址。
中央集权在燕京，廿一行省同方轨。
目电光芒闪五洲，声雷疾吼震全球。
胡为冥冥作黄妳，任由豺虎攫其头。
有爪不能搏巨象，有口不能啖猕猴。
月暗云迷吼声息，眼昏懒与兔角力。
鹰瞵鹗视伺其旁，昏迷不知祸期迫。

北省黑龙东胶济，西域伊犁南澳香。
通商增至五十有余口，藩篱尽撤主权亡。
吁嗟！睡狮我祖国！
蠕动蜎飞四千亿，噤牙闭目不敢鸣。
碧眼人来肆蚕食，长江险要皆敌航。
胡妖取利如探囊，沿海七省大小百余港，
均非军舰屯舶场。迩闻威旅大连次第陷，
津沽门户又撤防，南洋闽粤距离燕京万余里，
顾此失彼策非良。海军久无立足地，
睹此赤县神惨伤。

注：［1］庚子：1900 年。

外国联军入京

（四首）

五胡烽火扰中原，举国呼天痛北辕。
八国矛弧惊帝座，万家褓褴哭天阍。
勤王远待西江水，御寇深扃紫禁门。
百万神兵安在也，可怜虮虱处穷裈。

二百余年祸乱多，寇来无此大干戈。
万邦乐祸谈瀛笑，一国空拳奈敌何。
外族未闻黄种祸，中朝先唱董逃歌。
咸阳一炬成焦土，炮毒横天啸鹳鹅。

三辅黄图盛析津，郊坰尽是乱离民。
寻人遍挂零丁帖，却敌无闻铁布巾。
肉食愧为妖庙役，胡奴驱使小婢神。
谁将郑侠流民绘，慰我疮痍劫后身。

发奸亦有名臣奏，礼上留中召外忧。
寇至开门留我眼，事前折槛斩臣头。
终教胡骑金戈指，忍见神京铁血流。
无数沙虫摩灭尽，黄旗纷扰入秦州。

拳匪肇乱京师

（三首）

东汉桓灵戮党人，群枭又见起黄巾。
苍天不死来张角，黄阁无谋尽得臣。
白刃终歼金甲首，红灯难掩碧瞳人。
帝城烽火连燕蓟，琐尾流离泣万民。

妖魔幻术托虞初，报道神兵百万余。
戕杀侨臣贻外患，毁焚妖庙动宸居。
万邦问罪来狂虎，举国兴师慨烂鱼。
肠断燕津尸积野，十常祸首列爰书。

老臣下野作闲人，国事蜩螗不及亲。
任听旧勋同说鬼，谁知天子竟蒙尘。

金台物望人非昔，铜狄摩挲事尚薪。
二百余年尘劫末，白莲两度扰枫宸
（拳匪即白莲教中八卦匪党，见那文毅奏疏）。

痛吾国主权之失

（指联军乱后再求和言）

南宋诸儒倡攘夷，在廷肉食昏不知。
戕杀使臣贻祸变，万国闻耗惊创见。
寇至谁张救日弓，问罪群雄数宋聋。
相州一溃边防失，胡骑纵横入帝室。
妖神炮毒虐吾民，蹈海人人耻帝秦。
四百兆人欲拼命，六军惊惶不奉令。
呼吁无门问太清，迫为城下再寻盟。
神川膏腴割让尽，举国遗民命立陨。
计口缗钱岁岁偿，藩篱尽撤主权亡。
大好家居谁撞坏，贵胄衣冠奉妖怪。
夺门祸患起萧墙，国中鱼烂嗟梁亡。
可怜一炬成焦土，登城不见黄龙舞。
前割商于以赂秦（指台湾），今复厚币畀强邻。
防守主权更莫保，大厦将倾心如梼。

闻车驾幸西安

封豕长蛇犯帝宸，两宫车驾竟蒙尘。

雄关百二斜阳道，旧驿三千汴水滨。
陇坻何人供麦饭，崤函无地走蒲轮。
鸟啼花落成悲悼，愁见铜驼莽棘榛。

陋巷吟

人生不作禹与稷，任听怀襄民乏食。
了然寂处穷巷中，愁见妻孥学耕织。
辘轳万遍转愁肠，忍饥气绝泪成行。
夜深辄作笼中鸟，听罢鸡啼天未晓。
病余瘦骨如柴荆，抚髀时作不平鸣。
白昼看天日轮小，饫水渴酒形枯槁。
欲将河汉入吾觥，淋漓痛饮快生平。
丈夫何事不称意，簪笏误人不得志。
侏儒饱死东方饥，穷途阮籍去何之。
天生秀才有三耳，日服黄冠拖草履。
拔剑遥从天外飞，中原逐鹿鹿方肥。
苏秦张仪何足道，大陆风云由我造。
纵教事实与愿违，掉舌能为帝者师。
儒生命穷厄文字，何妨下作抱关吏。
一日鸿毛遇顺风，附凤攀龙超不次。
手执离骚写怨哀，定非掀天揭地才。
壮夫不作凄惶语，读书不乐投袂起。
入则章缝伏草茅，出则苍生待霖雨。
胡为掩卷哭深宵，捉襟肘见室人嘲。

天生我才必有用，一入班门作梁栋。
岁华一去不复留，及时奋勉建嘉猷。
人生早岁宜修省，器识高人志深迥。
拨开云雾见光辉，燕颔封侯定有期。
我非性癖眈箕颖，春梦草堂犹未醒。
举目曙光照大清，晨鸡一唱天下明。
三十一年穷木死，颖川事业犹可俟。

梅州咏古十三首

状元桥

百尺虹桥锁二洲，东山晴翠障江流。
占鳌谶纬终无验，赚得儒生尽白头。

程江[1]

城郭人民几变迁，乡名义化尚依然。
程江一水年年在，处士千秋姓并传。

注：［1］程江：源于江西寻乌县蓝峰，流经广东省平远县、梅县区，于梅江区百花洲注入梅江。因南齐时纪念先贤程旼而得名，其主要流域因此置程乡县（今梅州市梅县区、梅江区等地）。

曾井[1]

南汉甘泉贮药囊，武襄到此祝神浆。
岭南瘴疠消亡尽，千里从军士气扬。

注：［1］曾井：位于广东省梅州市梅江区西郊街道办事处城西大道旁，为五代南汉程乡县令曾芳所凿。

相公亭[1]

相公人去亭还在，睹物思人意惘然。
唐代江山留胜迹，梅花峰下暮云天。

注：［1］相公亭：位于梅州市梅江区城北镇群益村，是古代北上江西往北京的驿道上的一处景观，为纪念曾驻足此地的唐代名相张九龄而建。

七贤堂

（刘焕所建，祀程处士、张曲江、韩昌黎、狄武襄、文信国、蔡梅庵。在县南百花洲，今废）

花洲遥望月轮孤，旧日祠堂化绿芜。
景仰群贤翻野乘，无人恢复旧规模。

松口安济庙

古庙岩岩镇恶溪，化除鳄患媲昌黎。
崇宁赐额褒安济，桑梓蒙庥仰福禔。

谢巡道[1]题石

萑苻靖后数游踪，平镇江山雪印鸿。
片石苍苍埋古道，篆文剥蚀碧苔封。

注：［1］谢巡道：指明代崇祯时期惠潮兵巡道参政谢琎。

双忠书院

宋室夔龙克效忠，梅江先后雪留鸿。
当年祠宇成灰土，鲁殿灵光养士风。

绿榕桥

輶轩问俗例陈诗，犹记西岩古迹遗。
父老莫能谈志乘，骚坛搁笔费抽思。

仙花嶂

嵯峨形胜障梅东，独占山城第一峰。

长愿年年花发白，此邦人共乐熙丰。

南田石洞

异果奇葩不易求，祇园何处证前修。
洞中道是神仙窟，为问幽人尚在不。

阴那山

九百虞初半渺茫，烧鱼犹复显灵光。
老僧佛骨都无恙，长共三株古柏苍。

王寿山

通天烛烬半天垆，踏遍王乔化履凫。
羽士成仙今不见，到来有客设伊蒲。

崇明岛

（在江苏太仓州，有人议此可作军港）

吞淮纳泗势汤汤，一岛孤悬镇海疆。
南北重洋资控制，东西二陆作关防。
沽菜末足夸天堑，虎澳何能御敌航。
独有崇明据形胜，众沙环拱水泱泱。

重登铁汉楼感赋

我为元城再上楼，悲风仿佛动灵旂。
谏章今日言犹在，豪吏当年计不售。
举国无人成铁汉，群才谁起奠金瓯。
摩挲铜狄犹如昨，落日人来吊故丘。

春日登梅城

五岭分疆古敬州，春来佳气豁吟眸。
乘风独上朱衣阁，策杖高登铁汉楼。
积翠远连三段岭，轻烟近接百花洲。
青毡久坐情难遣，纵目郊原禊事修。

乡关写兴

（二首）

群山万壑会梅州，重镇东南据上游。
士习诗书敦古处，民安耕凿服先畴。
青归石洞云中树，红露花洲水外楼。
人世兴衰伤往事，江山依旧画图留。

活泼周溪出二桥，临流浣濯道心饶。
五塘日暖波光绿，双髻峰尖黛色娇。

桂里烟村晨入市，树湖歌舫夜吹萧。
阴那松柏薯田笔，踏破芒鞋兴未消。

马氏烈妇墓

（前有人在墓侧筑铺，感赋）

烈妇捐生效绿珠，芳名千古噪通衢。
有人狡兔营三窟，高筑层楼近墓邪。

折扇

四野无风伏暑烘，金乌赫赫熏长空。
襄中取出淇园扇，向阳一拂来清风。
岂无团圆九华扇，罗绮中人斗彩绚。
亦有蒲葵六角尖，钩边刻玉俗多嫌。
何如苔笺留半幅，可小可大可伸缩。
状如斜帆挂湘篷，又如娥眉月一弓。
舒卷全权在掌握，触处凉飔动帷幄。
君不见，九重宫殿开，云移雉尾出蓬莱。
又不见，黄堂挥玉尘，奉扬仁风作开府。
王公富贵壮金台，繁华转瞬安在哉。
鼎珰玉石成瓦砾，区区一扇终尘埃。
曷若书生能把捉，随意指挥俗尘扑。
他年掩面障元规，换作麈尾笑谈麾。

书斋夜雨书怀

莽莽乾坤劫，蜗庐寄病身。雨声寒到枕，剑气冷侵人。
不寐愁仍聚，伤春梦亦频。捉襟悲见肘，绝少故交亲。

月夜不寐

水簟宵凉梦不成，长河未落晓星清。
开门看雨月如水，孤雁一声天未明。

农家乐

（四首）

十里溪桥洽比邻，群生皞皞乐熙春。
社禾鄗黍年年熟，朋酒羔羊岁岁新。
世外乾坤忘战伐，田间鸡黍爱和亲。
家家留客豚蹄足，宛若桃源乱避秦。

平生结伴是樵渔，行路无须下泽车。
朝出田歌和牧笛，夕归豚酒荐园蔬。
乾坤风月藏双笠，今古功名付一锄。
沧海桑田惊世变，山间景物宛如初。

世路崎岖尽棘榛，何如耕凿养天真。

虽无尧舜君民志，尚作羲农上古人。
双屐踏残身外物，一锄擘断世间尘。
笑他湖海飘蓬客，名利撄心似转轮。

不爱儿孙列玉堂，但求子妇效耕桑。
桔槔向晚和村笛，蓑笠临风卧夕阳。
避俗原期忘魏晋，买山只为学羲黄。
最愁春水平南岸，哪管人间多乱亡。

感时

（步沈仲莲原韵）

（二首）

韩亡义士剑横腰，欲觅兵书过圯桥。
帝国睡狮魂未醒，强邻饿虎恨难饶。
案头狼藉诗书贱，海外溟濛蜃市消。
阅世悲歌惟汝我，那堪霜鬓逐蓬飘。

肉食无谋愧折腰，英雄嘘气作虹桥。
文章应世宜科举，经济储才策富饶。
竖子成名公事败，丈夫裹革壮心消。
艰难时局须材急，孰把丹心向日飘。

铁山嶂歌

（嶂在梅县西，相传铁顶银腰金脚，惟土人惑于风水，代请封禁，货弃于地，可惜）

载稽管子海王编，铁官之数居其先。
一针一刀皆有籍，不使愚贱分其权。
又读史迁货殖传，卓氏冶炉推首选。
汶山沃野富蹲鸱，临邛鼓铸遍郡县。
由来造物产膏腴，日用饮食供人需。
如任国人守旧智，坐失天生自然利。
古梅矿物甲他方，铁山嶂里尤精良。
人人素习青乌学，宝藏虽多埋大岳。
重重富媪秘精华，风号电息沉惊沙。
地方僻处成确荦，人物沉沦少超卓。
五洲列国竞刀锥，丱人采挖有良师。
五金斑驳如山积，制作轮车利开辟。
独我黄种守故常，珍符歙集贩重洋，
土花石质凝深碧，货弃于地殊可惜。

嘤求歌

君不见，古来大舜得七友，受命黄龙御九有。
又不见，武王同德三千人，奄辅王朝资牧守。
二圣德兼天子尊，尚倚群贤为左右。

布衣德可傲王侯，岂能鹰鹯视黔首。
世人若尽朱公叔，性道必将同刍狗。
绝物太甚必自孤，坐是沉沦终畎亩。
人生处境无贵贱，惟有道义交可久。
赵盾遇难得全身，幸遇翳桑之饿人。
燕丹蓄意雪秦耻，壮士荆轲不畏死。
儒生读书伏草茅，捉襟肘见室人嘲。
世有子舆与鲍叔，定将金饭分我曹。
作客他乡效荀息，常有门生随几席。
风雨天涯走季鹰，每逢名士来钦承。
元伯墓门木将拱，后事可为巨卿付。
吕公晚岁无能为，依倚何人恃楼护。
芝兰契合本常情，患难方知赖友生。
鸟鸣嘤嘤犹如此，矧伊人兮而不求助于人，
只我躬不愿与浊世同流。亦岂愿与木偶为比，
物吾同与民同胞，胡越可引为神交。
读书不必泥孔孟，处士不必学由巢。
大圣时中无不可，胡为鼓瑟将柱胶。

读书感怀

处士吹竽愧素餐，冯煖未许铗空弹。
廿年赢我青衫值，去日催人白发寒。
伏枥尚存千里志，巢林漫把一枝安。
飞腾云汉新人物，大半容颜尚渥丹。

火车

神州铁道学西洋，津浦支分达帝乡。
胶济滥觞终粤汉，长芦创始继辽阳。
椎轳便捷惊秦政，缩地神工逾长房。
一日飞行千百里，茫茫尘海认苍黄。

电灯

（二首）

白龙跃入紫芙蓉，宛若银蟾照太空。
神焰一腾群爝息，奇光巧夺大明红。
沿街都变黄金色，华屋高悬碧玉笼。
我愿移灯光蔀屋，九重恩曜烛西东。

一朵玻璃白练横，几疑中夜日轮生。
赪如王每丹旃下，灿若江姬火贝明。
此地浑如化人国，我身恍入赤霞城。
可怜寒士斋居读，竟夕萤光护短檠。

时辰镖[1]

慧珠一握小而圆，金玉装成值万钱。
黍累秒分工竖亥，针移轮转协玑璇。

镜中鸟迹同蝌蚪，匣里螺丝接蜿蜒。
十二时光看不尽，岁星荔实又周天。

注：[1] 镖，应为表，此诗写的是怀表。

显微镜

高视长空俯八埏，山河收纳近身前。
蜎蠕飞动穷云杪，楼阁玲珑露日巅。
明察秋毫蚊睫现，纤窥丝忽虱须悬。
咄哉此物真神巧，一线圆光烛万千。

织布机

鸣机札札金梭弄，旋转无须用手披。
经纬万端牵白练，辘轳千绕丽乌丝。
制成火浣轻蝉翼，织就文罗结凤缡[1]。
岛国推陈花样巧，漏卮不塞利权移。

注：[1] 结凤缡：缡，古代妇女的佩巾。结凤缡，古代指女子出嫁。

电线

（二首）

五洲海陆车同轨，万里浑如咫尺中。
消息往来凭一线，机关迅速度悬空。

旁行斜上譒文字，逐雨追风夺化工。
闻道连年边事急，羽书无用寄邮筒。

列缺乘风海底行，波涛无力阻飞程。
飞鸢漫诩公输巧，追日难将夸父鸣。
银链奔驰渺无迹，金蛇飞渡不闻声。
欲知天笑来何处，不待投壶到玉京。

轮舟

木枋为版铁为筒，两釜居中炽炭红。
真气一□啸风雨，黑烟万缕腾苍穹。
轰然水底雷霆震，倏尔天南道路通。
周旦多材传异国，自由仿造夺天工。

气球

（二首）

非舟非筏亦非轮，不御风云也自浮。
向外飞行常绝迹，凭空出入迥无垠。
罗帷乘气穷瀛海，盖笠凌虚薄斗牛。
遥指个中人极乐，日光野马共遨游。

踏遍环球羽翼轻，浮云托足走无声。
状如列子御风伯，身似卢敖游太清。

壁垒森严窥敌国，弹丸爆烈破危城。
飞行远近能掺纵，袖里乾坤举目明。

再咏电灯

日落鸡栖天已晚，缘何白屋见朝曦。
沿街阶砌黄金色，满座玻璃白玉姿。
照见妖魔咸避匿，任教风雨不推移。
可怜贫士燃糠粕，灯下牢骚读杜诗。

晚泊韩江　辛丑[1]

竹篙山下一帆风，直泊湘桥始系蓬。
城郭烟深人噪市，江天日暮鸟归丛。
眼前鳄化波涛靖，梦里鸥闲天地空。
韩水韩山秋色满，几人登岸醉郫筒。

注：[1] 辛丑：1901 年。

到广州

百粤山川障大洋，越王霸气未销亡。
文章旷代推陈湛，番舶何年召李唐。
千市琳琅来海国，满江风月聚帆樯。
平生少作天涯客，一到仙羊志激昂。

游海幢寺[1]

古时建郊庙，天神人鬼格。降至秦襄文，西鄜两峙辟。
宣灵踵厥武，五祀崇礼籍。释氏入中朝，改峙名为寺。
说文训作廷，中含法度意。俗尚本西戎，国人竟心醉。
天下名山多，尽属僧寺地。南粤古称雄，丛林厥有四。
维兹海幢寺，壮丽莫与比。梵宇拟宫居，禅房极幽邃。
冠裳集楼船，士女如云萃。远从花市来，游蜂款款至。
杰阁临东流，吸尽珠江翠。人皆侈游行，我独增悲思。
宇内多良田，大半僧受赐。宫殿类王侯，粒米如山积。
既食不自耕，复衣不自织。诱取他人财，自奉毫不愧。
嗟彼佞佛人，入世诚无识。一心拜伽蓝，忘冀神恩被。
古刹聚头陀，坐拥富豪利。方今策海防，羽书驰万骑。
国帑慨空虚，赋税取民食。下至农工商，踊跃急公谊。
共抒爱国诚，输将无敢贰。我欲令群髡，方外知大义。
尽将佛寺金，为国储利器。一旦跻富强，远胜佛荫庇。
济世即生天，大遂梵王志。闻有西林公，命僧自筹议。
兴学捐巨资，九重赐旌异。坊表树千秋（寺内建坊褒僧捐资办学），义闻不失坠。
更拨地数亩，拟造五都市。浮屠本无知，畏势不敢避。
九牛拔一毛，多取亦无累。

注：［1］海幢寺：位于广州市海珠区同福中路与南华中路之间，占地面积1.97万平方米，是广州四大名寺（光孝寺、华林寺、六榕寺和海幢寺）之一。

晚宿丙市[1] 癸卯[2]

（四首）

舟泊寒烟里，近傍江之涘。隔艇渔罾收，苍茫闻人语。

注：［1］丙市：即梅县丙村镇。

［2］癸卯：1902 年。

岸边市火红，野店人匆匆。买尽黄花酒，归来烹晚菘。

共座皆孔融，金樽酌不空。醉后发长啸，声惊天外鸿。

有客鸡鸣起，披衣晨入市。船头已向东，隔岸呼舟子。

谒韩文公祠

后学人人慕退之，韩江江上景洪祠。
盘龙健笔寻残碣，祭鳄宏文刻古碑。
八月新猷怀刺史，千秋道范仰人师。
凭栏北望金山胜，天鉴斯文尚在兹。

羊城七夕

月色三分秋万里，到处笙歌都聒耳。
双星此夕渡银河，家家乞巧女郎多。

富儿着罗贫着布，笑看织女弄金梭。
天涯客里愁明月，对此良宵匆凄切。
友人三五步康衢，朱门翠闼灯光辉。
蝴蝶绣裙鸳鸯扇，金碧辉煌满庭院。
游蜂款款入阶除，闺门不下逐客书。
大家女红夸世阀，小家碧玉工罗袜。
争妍斗巧出奇珍，蛾眉恼煞异乡人。
裙履如云飘绣闼，青鸟不闻来作伐。
人生欢乐独今宵，曷若牵牛驾鹊桥。
天仙久别有时会，幽居逆旅何寂寥。
但愿人间尽乌鹊，为我功名作媒妁。
指日蟾宫丹桂移，高折天香第一枝（时应乡试）。

感事

太平重文治，乱世重武备。我生慨不辰，国事屡更易。
仓皇戎马间，孰暇谈文字。苦学慕买臣，不作会稽吏。
爨下隐焦桐，中郎竟忍弃。何如学终童，请缨伸壮志。
介子未弃觚，留心在边事。一作大宛使，威名震边骑。
儒生尽拘牵，孰是人中骥。

积闷　丙午[1]

记从十五慕经畬，苜蓿惭供教诲疏。
负郭原无三顷地，执经难觅五车书。

廿年绛帐耽水茧，一领青衿伴蠹鱼。
报道西京科第罢，邯郸无梦入樵渔。

注：[1] 丙午：1906 年。

羊城就学

（时科举已废）

（二首）

周室宾兴重选贤，书升论秀法无偏。
春官不用栽桃李，岁课何须习诵弦。
入彀英雄灰旧念，识时俊杰着先鞭。
习闻岛国趋欧化，一棹飞来粤海边。

读书不成须读律，我来负笈意于斯。
绛纱不设康成座，碧海迎来雅典师。
南国人才资鼓铸，东方译寄有专司
（时法政学堂教师纯为日本人，设有通译）。
他年学术归陶冶，廷尉人人尽释之。

学余偶成

惭愧终军乏壮才，登云无路上蓬莱。
半生执业惟铅椠，尽日埋头画荻灰。
故我依然添鬓雪，壮心犹冀奋风雷。

鹿鸣不获贤良宴，犹自挑灯对越台（时在法政就业）。

暑假期满回省感赋

（二首）

三庚伏日返珂乡，终窭窘人意绪忙。
秋气侵庭犹觉暑，晚风吹面不知凉。
梅江万丈离愁涌，粤海千重客梦长。
家政摒挡周一月，舟人又报促行装。

读书曾未执朝权，极目风云感万千。
马齿频加过壮岁，牛刀小试卜何年。
葛衣久着添新衲，竹笥随行剩断编。
一别梅城数百里，五羊何处遇神仙。

登镇海楼　丁未[1]

尉佗城北建层楼，五百年来忆故侯。
百战英雄留霸迹，万家烟雨豁吟眸。
乾坤浩气来空际，星斗寒芒摘素秋。
我欲凭栏向天笑，防身无剑又低头。

注：［1］丁未：1907 年。

南洋行

十年老屋栖风雨，芒角胸襟向谁语。
羊城负笈忍饥寒，相公何处得瞻韩。
我闻乡人远服贾，可作南洋东道主。
买舟飞渡七洲洋，波平如掌忘途长。
人到星洲天已晓，洞中蛮王呼鸟了。
群官剑佩集喽罗，关吏强梁莫谁何。
重洋远贩来商贾，畏彼狂奴如鹰虎。
乌香异药贩遐方，缗钱未纳百倍偿。
裸国遗奴甘十等，鸟语虽通徒舐鼎。
声如鴂舌效南蛮，形如火色杂鸢肩。
夕阳西下夷光出，珠细银珰夸万镒。
左持荔子右榴莲，日费藁砧数万钱。
到处胡椒杂香木，锡窟探苗遍山麓。
有人业此富腰缠，埠中推作甲必丹。
出入身驮欵段马，宾客往来皆显者。
神功开辟数千年，缘何不到尽头天。
岛夷僻处雄南极，强邻得之不费力。
黑奴贴耳效驰驱，运输百货通华夷。
鼓浪腾空天咫尺，九洲三岛一弹指。
区区爪哇地一隅，兼资商贾利行师。
吁嗟乎！吾国闽粤门户今全失，
回首东西印度，前车实可虞。

长堤晚行

（时广州长堤新成）

（六首）

巍楼杰阁沉江东，万盏明星烛路红。
旧日沙堤榛莽地，今宵化作蕊珠宫。

亥市星攒焱若熊，重生白日夺天功。
东风劝我一杯酒，醉后芒鞋踏翠红。

可怜月照珠江水，到此愁心未遽消。
草草山河流霸气，误人事业是良宵。

樽前竟夕恋嘉宾，叹息青楼薄命人。
银箭金壶千百转，珠鞋竞逐六街尘。

年少翻翻浊世姿，貂裘入夜走胭脂。
吴娘楚艾承风旨，烟月迷人昏不知。

楼台丝管夜纷纷，高唱梨园韵入云。
无限风流增感喟，兴亡同此叹人群。

越王台[1]怀古

百战英雄霸业成，蛮夷大长气骄盈。
当年事业争刘项，并世勋名薄信彭。
吕雉晌时仍自帝，代龙兴后竟归诚。
龙州王气销沉尽，落日登台吊故城。

注：[1] 越王台：为赵佗所建，位于广州越秀山上。

过七洲洋

（洋在琼州西南交趾北，往南洋必经之路，丁未夏，余过此）

香江一去数千里，浩瀚汪洋渺涯涘。
南人群仰水之宗，蛟龙鱼鳖蕃其中。
万里长沙塞其口，千里石塘萦其后。
偏西溜入广南湾，珠崖各岛如列环。
半湾海水形如月，足以屏蔽乎两粤。
狡哉异族藏祸心，华离裸国被吞侵。
造作轮车资逐鹿，天堑名区滋他族。
烽烟□入镇南关，佛郎西贡祸诸蛮。
藩服版图相继陷，万里南洋资敌舰。
中主赫然出六师，誓将蛇豕尽歼夷。
谁知苍天不祚汉，闻鼓靡旗鸟兽散。
南离巨壑吾故疆，坐视窟穴于犬羊。

蚕食鲸吞雄南服，人奴甘作俎中肉。

吁嗟乎！

繄昔成周治具张，雕题凿齿咸宾王。

至圣声名及海甸，岛夷共沐天子光。

洎乎汉武开疆土，横海楼船夸圣武。

东南一尉西北侯，卒使群酋戴君父。

降及宋元迄有明，其间变乱虽时有。

外藩悉隶我皇图，犹复称臣畏我后。

惜乎铜头兴暴年，正值玉斧画疆后。

凡我衣裳礼义邦，化为鳞介波涛薮。

昔为祝融之所都，今属阳侯之所守。

扁舟南渡七洲洋，海权堕落心为伤。

到星洲

裸国遗黎尽犬羊，洞中鸟了漫称王。

百年化外成都会，十等人奴慑虎狼。

领袖南洋资重镇，扩充群岛辟炎荒。

九边要害珠崖尽，到此留连分外香。

自羊城往电白　戊申[1]

秋风起天末，一棹出羊城。庚岭孤云没，崖门落日清。

天风腾鹰隼，海浪吸蛟鲸。人物淘鹈[2]尽，茫茫感此行。

注：[1] 戊申：1908 年。

[2] 鶧（yīng）：古书上说的一种鸟。

到江门作歌

到江门，天将昏，扬舱浦口海潮奔。
南风吹入江门渡，夹岸波光映烟树。
江水自是年年清，借问入海是否风浪平。
上有桑田凝碧色，下有芳草拂离情。
芳草多情处处生，隔艇忽来摇舻声，夜来长伴月孤征。
似闻二十五弦一唱再三叹，冷然烟水夜魂惊，惊鸿嘹亮中宵鸣。
云中翠华不可见，但见茫茫珠海晚云青。
我从羊石来此地，自叹身如水上萍。
十载壮游如幻梦，此行非醉亦非醒。

送儿自粤往安南[1]

谋食同牛马，无心课凤雏。下帷悲董子，入市学陶朱。
越海人千里，羊城月满湖。余生铅椠误，尔早返迷途。

注：[1] 诗人之子复生之岳父梁公西贡经商，生意兴隆，要求复生来店学贾，故有此篇。（据黄童考）

登望海楼

（在电白）

电阳东北建层楼，瀛海南来浩气收。
极目烟波接空际，昂头云汉傲沧洲。
鱼龙出没穷千里，星斗微茫数十州。
一座青毡过岁月，登高愁对暮天秋。

秋夜独坐书怀

（在电茂场署作）

半载光阴滞海天，茫茫秋月照青毡。
他乡白发催人老，函丈青灯伴客眠。
荐士不逢杨狗监，落花愁见李龟年。
九州虽大难容我，薄幕羁身岁序迁。

洗心亭[1]听泉有感

（在电白）

半山泉水响如镛，可作中原警世钟。
帝国同魂凭唤醒，休来亭下养疏慵。
造物无心偏有心，生成万古自鸣琴。

无弦弹破庄山月，一洗狼烟障太阴。

注：[1] 洗心亭：位于电白庄山寺内，建于清光绪年间。

宿水东

记从良德（电白古名）返珂乡，曾解征衫卧此床。
驿馆争迎新过客，莺花犹识旧檀郎。
琵琶隔院江州曲，樽酒论文太白觞。
醉梦黄粱天已晓，归舟三日到仙羊。

题踏雪寻梅图

浩然一去成千古，画里依然如见之。
不到鹿门逢隐者，恍从驴背得新诗。
寻梅岂为调羹计，醉月原怀避世思。
吾欲追踪学中圣，自惭身受利名羁。

游庄山寺感赋

（步沈仲莲原韵）

（四首）

岩岩古刹镇山腰，鞭石何年化作桥。
献佛诗成尘俗脱，敲钟声静道心饶。
蓉帷坐拥功名误，桂醑频斟岁月消。

愧作庸才甘蠖屈，飞身欲向广寒飘。

欲学陶潜不折腰，长才安敢比题桥。
赤松亦许从君约，绛帐无如莫我饶。
极目尘寰何处乐，措肠芒角几时消。
停车勺饮流泉水，两腋清风习习飘。

莫笑书生眼在腰，纵观世界尽危桥。
要求国会难偿愿，私运弹丸竟肯饶
（时国民要求立宪，不准。日本私运军火不敢阻）。
沧海蛟龙看欲变，山林枭獍苦难消。
英雄呵壁将天问，笑尔神仙世外飘。

枕流亭（寺北有此亭即洗心亭）
背负岩腰，一水萦徊出石桥。
曲槛尽容闲客眺，芳樽不向故人饶。
谈元兢羡鱼龙听，说梵难教鼠雀消。
国土庄严余佛地，日闻钟韵逐风飘。

洗心亭重听泉声

（三首）

久居城市厌尘嚣，重入仙源酌一瓢。
洗尽人间筝笛耳，欲随子晋听笙箫。

可惜鸣琴犹似旧，人间未必是知音。
我来重听庄山曲，胜读楞严觉世箴。

旧游屈指已三旬，玉屑犹留齿颊春。
一席青毡仍绊我，何妨再作听泉人。

重过庄山寺　己酉[1]

（四首）

绝巘登临景物盈，迎眸直欲御风行。
云从高处阴还在，晨肇重过路未更。
山鸟无情仍巧避，石泉相识似来迎。
壁间旧令留叉手，雨蚀苔封认不明。

梵堂深处曲阑杆，曩日题诗墨未干。
尘榻屡回莲座梦，丛林举憩葛衣寒。
涧云淡似素交友，萝径熟于经过滩。
两度溪桥寻故路，牵衣荆棘尚斜蟠。

可怜重客岩疆日，又着芒鞋访钓鱼。
松曳晴云仍舞鹤，僧催午饭又敲鱼。
笋君坐处香犹在，王播重游鬓已疏。
扫尽苔阶施墨沈，苍茫感旧正愁余。

别来人物今犹昔，寂寂禅门增我愁。

依旧一僧煨野芋，更无余仆扫庭楸。

碧纱笼句难如愿，皓月催人正转头。

无限山林苍莽意，登临那得不悲秋。

注：［1］己酉：1909 年。

初到电白

沧瀛四望碧烟空，一片孤城立海中。

利辟鱼盐民有藉，地邻蛮壤道难通。

水环三面山川险，城辟重门雉堞崇。

我到此邦缘底事，虞廷选举促成功（时为司选员）。

参观电白高小学堂

人才新聚鲁王宫，域朴栽培仰圣功（校在学宫）。

帝国同魂凭唤醒，海疆民俗革顽聋。

羡君化雨施桑梓，愧我随风断梗蓬。

从此边城枭类绝，群鱼腾跃泮池中。

三到洗心亭听泉

（三首）

亭泉依旧答高岑，不遇钟期不绝琴。

莫怪刘郎三度至，桃花流水是知音。

泉声泉水自年年，尘世沧桑历几千。
人去泉流仍不息，我生恨不及流泉。

草庐不见人三顾，流水何缘获我心。
独领空山清净趣，不妨长作水龙吟。

感怀

（二首）

百尺孤桐隐峄阳，哀弦漫异吐宫商。
位卑稷契难熙绩，权重伊周致太康。
马受羁縻难驭远，鸟无羽翮莫高翔。
嗟余听鼓轮班日，何限酸心学步跄。

男儿多少牢骚恨，最怕英雄不识公。
赵壹才华终计算，张桓抑郁叹樊笼。
古人先我遭潦倒，大任由天降困穷。
簪笏无聊纷涕泪，几人掩袂泣焦桐。

求试

求试惭无子建才，江湖末吏隐蒿莱。
上书相国终何补，投刺将军窃自哀。
莫叹出山为小草，自然脱颖见奇材。
炎凉看尽人间世，雷电经纶志未灰。

书感

藐尔梅江一秀民，宣尼委吏为居贫。
官卑鸡鹜同争食，客久猪肝恐累人。
陶令何年巾漉酒，范丹今日釜生尘。
一生久郁风云志，受尽寒毡味候辛。

待用

（时在广东法政毕业已久）

三年负笈到羊城，释褐依然守旧檠。
科第已非唐进士，头衔敢慕汉公卿。
舌耕自愧为冯妇，御仆犹能仗晏婴。
海上钓鳌人不识，上书何处遇韩荆。

粤垣客寓

（时余以职员分发广东候补）

（二首）

书剑飘零伴此身，频年作客粤江滨。
酒楼有债休辞醉，花艇吟香趁及春。
鸿雪已增今昔感，马尘尚逐宦游人。
卑官独对孤灯宿，瓶罄谁分子敬囷。

五羊城阙庆弹冠，末世微员遇合难。
虫技文章初谒李，龙门声价孰推韩。
蓉帷坐拥功名误，柏盏频斟岁月阑。
投笔无缘归未得，珠江客舍独凭栏。

重登镇海楼

昔年曾上五层楼，屈指驹光几度秋。
宝雾尚涵花塔秀，珠江仍绕穗城流。
天南十郡瞭如掌，海上三山览尽头。
对景苍凉时已暮，不堪重向北郊游。

夜宿香港

彻夜笙歌聒耳喧，帆樯汽笛更嚣烦。
中宵楼橹来羊石，近海波涛撼虎门。
祝炮雷声鸣远舰，连环电火若朝暾。
天明又见喽罗聚，朝吸芙蓉夜酒豚。

暮春感怀

（在粤垣作）

欲向滩头理钓筒，羊裘何处问严翁。
中年身世偏多梗，客里生涯类转蓬。
芳草自随春雨绿，落花犹带夕阳红。

年年三月春刚暮，怕看珠江草满丛。

游电白盐田

畇畇原湿海西东，万民乐利赖无穷。
咸潮一泻千万顷，满地白银铺玉井。
大哉美利无穷期，岁输国课民赖之。
我闻昔年逢暴雨，此邦堤岸多倾圮。
连年荒漏叹枯焦，十万生灵失富饶。
加以长天日色薄，公私两部收成恶。
坐縻岁饷利源亏，盐市萧条尽乞儿。
可怜越女无知觉，年年解唱渔家乐。
时势沧桑谋食艰，往来无客泪潸潸。
何日海门风浪靖，玉润膏津流四境。
国祖岁岁庆丰穰，商利人人获太康。

渔隐

我有友人海上归，欲向江湖隐钓矶。
尘寰到处皆劳碌，惟有渔家遂初服。
有鱼日日醉沙头，有艇时时卧沧洲。
半树杏花犹未老，湖光一碧山痕绕。
六尺轻篷系绿杨，一溪风月生清凉。
鱼虾作友神潇洒，鸥鹭同游身自苦。
梦里江湖天地宽，闲愁都作浮云看。

大地干戈方扰扰，此间以外无蓬岛。

山居

谁是仙源好避秦，入山重见葛天民。
林间风月无今古，世外烟霞熟主宾。
不向金台攀凤翼，惯游松径拾龙鳞。
巢由去后吾安适，倍伴樵渔学散人。

春日登高楼

天风朗朗日晖晖，独上高楼望翠微。
细柳铺茵草一色，锦绣江山无畛域。
五羊城阙燕初归，寒轻欲试夹罗衣。
入户锱尘污我袂，举目浮云遮浊世。
此身恍作蝴蝶飞，花前午后逐征骓。
消瘦尽，越王台，花与叶，冷落了珠江风与月。
酒帘影远笛声微，海棠庭院空歔欷。
吁嗟乎！古今人事有变化，世界繁华易凋谢。
楼外云霞转瞬空，眼前景物悲无穷。
烟花过后渺无迹，惟有邱壑开胸臆。
古往今来无限愁，醉后仰观天悠悠。

登香港太平山　庚戌[1]

临风俯瞰众山低，海水苍茫接翠堤。
楼阁连环升绝顶，蓬莱方丈隔沉泥。
峰高壁垒森旗帜，海外帆樯辨狄鞮。
刘石何年来内地，河山锦绣入羌氐。

注：［1］庚戌：1910 年。

返汕头遇风

香水随舟出海东，天涯宦迹类飞蓬。
夕阳照岸红摇树，夹浪排山绿进篷。
鮀浦渺茫梅子雨，鲸涛澎湃石尤风。
扬帆泽国经三日，天为苍生救谢公。

回家有感

利锁名韁绊我身，归家权作自由人。
室无陶径身难隐，技乏齐竽志未伸。
痛哭陈书怜贾谊，揣摩挟策愧苏秦。
儒生干禄犹无术，漫诩甘霖及庶民。

丙市书怀

（二首）

莫道江湖万里宽，飞鸿无路息征翰。
鲍焦抱木非吾愿，贡禹弹冠愧素餐。
捭阖无成师鬼谷，题桥有志上长安。
秋空鹏翮凌风健，终向云霄九万抟。

沧江偃卧几经年，放棹归来岁晚天。
策杖踏残三堡雪，思家遥隔一溪烟。
桓门扪虱追王猛，吴市吹箫吊伍员。
肠断前年椿又折，班生无志勒燕然。

时将北行，往蕉岭新市[1]访友

有志长安莫问津，阳关东道属何人。
乞书强学颜公帖，恤困谁分鲁肃囷。
涸辙但期鱼得水，冷灰终望灶添薪。
一官未试谋生拙，升斗何妨乞友亲。

注：［1］蕉岭新市：今蕉岭县新铺镇，为石窟河下流重要墟镇。

松江寄居警察区署

三年莲幕困风尘，聊学长门卖赋人。
素识南丰香一瓣（时区长曾寿山为余旧识），勉劳东道炊添薪。
济贫敢望原思粟，推食宜分子敬囷。
数日停骖情款曲，阳关一唱泪沾巾。

思昔

半生苦下仲舒帷，曾掇芹香第一枝。
三赋长杨犹报罢，遂良须发已成丝。

续弦

强仕梁鸿配孟光，赤绳天定岂荒唐。
重圆宝镜辉妆阁，照见萧郎两鬓霜。

光复闻爆竹声感赋　辛亥[1]

（二首）

天夺羌胡运告终，鄂中首义庆成功。
三湘皖北投竿起，百粤江南奏凯同。
五族旌旗扬海陆，八州都督奋罴熊。
万家炮竹如雷震，惊动黄须碧眼公。

虏廷谁使竖降旗，清议贤于百万师。
周历已传新日月，国民重见汉官仪。
革新岂仅资王忾，建设非终仗健儿。
今日论功谁第一，黄花冈上姓名垂。

注：［1］辛亥：1911 年。该年梅州城光复。

陆安行

（时往海丰安抚，在广海兵舰中作）

神州恢复旧山河，边隅同室犹操戈。
红黑旗兵分畛域，父子仇雠成敌国。
大吏恻然念枌榆，命我安民到海隅。
横江舳舻金鼓震，飘飘旌旗风入阵。
自笑章缝亦能兵，万里乘风破浪行。
一出虎门天欲雨，冯夷号啸鱼龙舞。
怒涛百丈立船头，鹳鹅八百声啾啾。
俄然风定惊波息，冷浸残霞红一色。
双轮镳镳走雷声，天末斜阳入海城。
大海蛟螭波浪避，内地欃枪风鹤警。
先将酋首缚幽囚，后将余孽次第收。
发硎新试调羹手，只为此邦歼群丑。
文谟武略两无长，神威敢诩郭汾阳。
书生杂入戎行里，心劳抚字无他技。

于役海丰

（二首）

悍俗由来著海疆，化民安得鲁灵光。
阋墙起衅成胡越，同室操戈似虎狼（红黑旗械斗）。
不恃桁杨销雀鼠，但凭玉帛化欃枪。
孙吴将略龚黄绩，得补苍生孰较良。

藐尔梅江一学儒，陆安三月慰其苏。
高田日出浮云散，赤石风清积翳除。
路入驼坑芟蔓草，人安鹿境靖萑苻。
羽干欣见苗顽格，壮士无劳再执殳。

五坡岭[1]谒文山公像

（二首）

一片丰碑竖五坡，孤臣遗像壮山河。
勤王忠义留衣带，名士文章出网罗。
报国英魂依大海，扶轮正气发高歌。
堂前风雨松涛壮，疑听军声啸鹳鸢。

陆安城北建崇祠，想见文山一饭时。
燕狱三年余铁血，崖门一别泣鸱夷。
岭云出没英灵护，海月溟濛剑气悲。

千载闻风争仗义（光复时海丰先起义），
同袍北伐仰王师（时陈竞公出师北伐）。

注：[1] 五坡岭：位于海丰县城北。文天祥在此被元兵俘。

陆丰道中作

长途云拥貔貅众（时出兵往安抚），大野风随虎豹骄。
蔓草荒郊渺无极，一鞭晴雪马蹄遥。

移驻陆丰

山泽从来聚积苻，巨魁殄灭望风逋。
岩疆小试新硎手，莫负乡民送美酤。

安抚事竣

（在陆丰县作）

（二首）

此邦半月靖萑苻，不重干城重德隅。
手著相如文论蜀，谋殊充国策平胡。
温公敢诩呼生佛，田子无忘作故吾。
今后龙山荆棘义，弦歌雅化诵枌榆。

父老群思借寇恂，叩关无路觅推轮。

勋名有客图麟阁，霜鬓怜予逐马尘。
往事过云成蝶梦，此心何日慰鲈莼。
回头苦忆研经日，短褐安身作散民。

自陆丰回海丰道中口占

（四首）

十里平畴穲穗丰，家家鼓吹颂豳风。
甘霖尽洗离民泪，一路江山草木葱。

顽民苦自养娇儿，三月巡乡理乱丝。
差幸蒲鞭能化俗，刘宽心事尽人知。

葵头（嶂名，在陆丰）不见黑云封，雉集桑中待鲁恭。
从此使君跨马去，龙山隔断水淙淙。

鲘门春晓绿杨天，马上行吟倦着鞭。
扑面缁尘还自扫，独怜孤客滞天边。

过鹿境乡[1]

一山突起水中央，如鹿峥嵘镇海疆。
四面清波环泽国，两头古渡入村庄。
萑苻盗息消兵气，岛屿民安乐岁穰。
中有幽人呼欲出（指吕月槎），科头束发赴公忙。

注：[1] 鹿境乡：广东省海丰县附城镇。

至海丰城当晚放歌

向晚经过鹿境渡，平沙莽莽接烟雾。
长途沽酒醉春风，马蹄一掷到海丰。
牧令风流款春酒，自夸云台首功后。
公庭案牍纷如丝，肉食无谋徒贻讥。
四郊已报狼烟靖，余孽逋逃犹未尽。
君不见，汕尾水涨多鱼龙，波涛澎湃海西东。
又不见，鲘门风浪连平野，恍如战马从天下。
海邦僻处多穷荒，枭獍何由变凤凰。
汉室重光虏廷伏，拊循首重贤司牧。
我今衔命抚是疆，愿勉长吏学龚黄。
政学不良人才乏，教养无闻民玩法。
得情勿喜当哀矜，万民翘首望甘霖。
我辈读书当作钓鳌客，不必乘车贪下泽。
试种桃花树几行，循良第一颂甘棠。

海丰县署度岁　壬子[1]

同室相争祸已消（斗案已息），万家酒熟度春宵。
客中有梦迷蝴蝶，岁首回寅转斗杓。
自叹樗材逢末世，聊将椒酣贺新朝。
尊前无限升沉意，漫把新符换旧桃。

愧无一事如民意，但听千门炮竹声。
掷骰无闻知德化（时禁赌），献椒如旧乐升平。
去年爪迹留鸿雪，今日屠苏满兕觥。
醉倒胡床春欲睡，乡傩惊破梦初成。

注：［1］壬子：1912 年。

上元海丰观灯次友人原韵

（九首）

十里烟花照太空，金珠城阙碧玲珑。
高田（地名）数百家灯火，尽入楼台一望中。

梵宇凌云结彩棚，百花旖旎列纵横。
秋千架上霓裳咏，预祝年丰兆太平
（郊外筑秋千架，村民轮流唱歌预祝年丰）。

梨园一曲唱阳春，绝妙歌声听可人。
恼杀少年遮短篷，不闻箫管看钗裙。

青衫红袖各成群，旧事鸿沟界限分
（旧俗上元本日为女人观灯期，次日属男人）。
末俗沧桑增感喟，六街同日麝兰薰。

将军入夜走山坡，醉尉相逢不敢诃。

嘈杂语言分福客，年年踏踏共闻歌。

灯市归来兴未灭，筵开东阁咏官梅。
愧无八斗陈王手，金谷休醉罚十罍。

处处灯光占岁丰，银花比较去年红。
绮桐共浥新朝露，皓月重光庆大同。

南北风云未解纷（时南北未统一），将军谁起夺昆仑。
中原鹿失争先获，莫向花前月下奔。

六朝金粉坠南天，亡国前车尚鉴旃。
豪杰匡时凭建设，风流宁让晋人先。

下　卷

自汕尾回香港

怒涛百丈立陂头，破浪乘风一叶舟。
擘断岭云千里阔，拨开海月二分愁。
篷飘大壑帆多力，船入香江水亦柔。
让地何年归故主，太平山下水西流。

到香港闻女玉英疾逝子又罹病感赋

（三首）

忆别梅城已半年，故园消息断江天。
一朝噩耗闻香屿，儿女存亡隔海烟。

碧海明珠坠掌中，陆安公廨梦先通（元旦晨忽来噩梦）。
谢安日后庭中雪，咏絮无人对若翁。

庭前梓木当无恙，珍重栽培仗化工。
阶下一株兰蕙折，谢家玉树尚临风。

羊城兵变

（时王和顺兵不受节制，陈都督炯明以武力解散之，三日即平）

星弧留耀数千里，汉室重光戢弓矢。
灶下厮养烂羊头，拔剑击柱争公侯。

广募喽啰数逾万，尾大不掉忧滋蔓。
横行欲学王仙芝，养痈贻患祸已滋。
将军赫然奋神武，誓将殄灭此豺虎。
群妖负固犹强梁，附郭庐舍遭红羊。
三日鲸鲵幸屈伏，余酋鼠窜均收复。
拨云重见天日光，行人依旧驰康庄。
贤哉元戎绾军府，不愧为民母若父。
事后金帛恤伤亡，商民乐利颂龚黄。
卧龙陡起蛟鲸辟，粤海人人庆安宅。

珠江客感

征袍久滞粤江烟，厌听新堤旧管弦。
鬓发如丝愁对镜，葛裘补衲愧无钱。
廿年事业浑如梦，一卷离骚独自编。
投笔无缘归未得，浮生仍为宦情牵。

闻子病愈

一株玉树绍箕裘，旧梦惊罹二竖忧。
喜尔春回徽勿药，怜予客久类浮沤。
一官仅博青衿换，两鬓空余白发愁。
他日丹山雏凤起，老夫从此早回头。

将之饶平在珠江望月　壬子[1]

登台不见老夫佗，骥困盐车志未磨。
冀北一朝逢伯乐，粤南千重望羲娥。
多情素魄团圆照，无意闲云仿佛过。
诘旦双溪催就道，别来同盼鲁阳戈。

注：[1] 壬子：1912 年。

感旧

昔年芸阁一毡贫，今日同为搢笏人。
愧我无才犹入世，惜君多难不藏身。
当筵酒醉珠江月，系马愁添绣陌尘。
兴废循环原一瞬，勿萦钟鼎误迷津。

赴饶平任途遇风雨宿井洲

岭南地卑湿，上游海波急。舟行遇大风，帆飞水欲立。
渺渺海西东，驿路迷原隰。宦情我何痴，征衫着蓑笠。
停桡换小艭，冒雨来岩邑。小吏出门迎，凫鸟从东行。
前途泥滑滑，扶步到东营。旧日抱关吏，好事樗蒲戏。
使君初入门，饬令修吏治。烟赌害民生，尔曹竟贪利。
如不痛自悛，白简频登记。仰视天色昏，搢绅延入侍。

道诉民间苦，终岁劳无补。前年降旱灾，无力酬田租。
今岁遭洪流，苗颖仍未吐。旱潦迭为灾，仓廪鲜积聚。
我闻搢绅言，寸衷无所主。人事本无常，天心难逆数。
东村祷甘霖，西村祝晴煦。多雨既可忧，不雨又非祜。
相彼天苍苍，因应亦无方。况作亲民吏，忧乐与共尝。
果欲同好恶，德须效龚黄。驿亭一宵梦，仿佛入河阳。
明朝花满路，香逐马蹄忙。

初到黄冈[1]

一棹惊心破浪来（时大风浪），梦魂犹绕曲江隈。
忽看泽国开平野，剩有城楼矗石台。
入市狼烟侵甲胄（居民械斗），随身虎队辟蒿莱。
冲繁劫后称难治，愁听江城画角哀。

注：［1］黄冈：饶平县黄冈镇，为县政府所在地。

受篆饶平

（二首）

孤城四壁绕青山，荦确惟余百亩闲。
政牍成灰胥吏散（因兵燹后），村氓负襁乱离还。
一官初受牛羊牧，百里惭居鹓鹭班。
莫道神仙今驻舄，书生聊学识民艰。

三饶初报靖烽烟，劫后哀鸿绥辑先。
民似乱乌方戢翼，官宜饮马自投钱。
操戈忍令争同室（黄冈械斗），劝稼何妨到甫田。
忧乐胥将民物计，焚香午夜告苍天。

题黄冈瑞光学堂[1]

楼阁三层傍水隈，地经丧乱辟蒿莱。
龙源学界重开幕（乱平恢复），凤啸（古地名）文章岂乏才。
儒士休将铅椠误，英雄本自草茅来。
坐看桃李盈门盛，漫诩春官手自栽。

注：［1］瑞光学堂：初为瑞光书院，建于乾隆年间，光绪三十二年（1906）改为官立瑞光高等第二小学堂。其址今为饶平县委县政府驻所。

登虎头山

登高俯瞰众山低，云水苍茫接翠堤。
暝色近连龙眼（地名）北，寒烟遥接凤城西。
中饶（黄冈属中饶）保障凭君峙，比户廛居入望迷。
雄据黄冈资重镇，终愁绝顶骤攀跻。

过通溪桥

夕阳山下断桥横，荒僻何来津吏迎。

劫后疮痍频抚恤，巡乡五次过通溪。

到石溪头

策马东行过柳阡，山间野市杂人烟。
双溪夹道明如镜，积石惊波乱扑船。
汲黯敢云称卧治，阳城漫冀考升迁（因催粮过此）。
乡民乱后空杼轴，为诵豳风第一篇。

过大港乡

驻舄黄冈已六旬，催科星火病吾民。
肩舆东出斜阳道，匹马横冲大海滨。
利尽鱼盐民尚裕，市藏狐鼠俗难驯。
新官本是书生习，何事乡衿不我亲
（谕令纳粮，裹足不前）。

宿所城

数日巡乡村复村，夕阳西下海天昏。
荒郊月出惊林鸟，大漠风高动客魂。
西入山城烟尽瞑，东归沙漠雪犹屯
（城外海沙，风吹上山如白雪）。
当途荆棘今芟尽，中夜无闻鼓角喧。

十三乡道中

石径溪桥夕照斜，荒村历历住人家。
客来分水山难越，地接闽疆路更赊。
种遍桑麻无乐土，拨来荆棘到穷涯
（地僻有匪，所种桑麻均被刈）。
林间爆竹惊飞鸟，争颂贤官敢拜嘉。

除夕日犹下乡禁烟

千家爆竹响如雷，末吏从公入草莱。
僻地萑苻方敛迹，穷乡毒卉又为灾。
马嘶柳陌忘归路，蚁熟椒盘懒举杯。
趋利奸徒牢不破，此行只为小民哀。

过石溪　癸丑[1]

断壁悬崖乱石中，短蓬六尺不能容。
潺潺碧水鸣幽壑，莽莽苍烟接翠峰。
匝路芙蓉（鸦片种多）心若刺，巡乡猿鸟路难通。
何时凿破溪中石，导出龙源（饶平地名）赴海东。

注：[1] 癸丑：1913 年。

因公宿内浮山

一行作吏到三饶，鸿嗷安集风雨调。
忽报羽书星火下，政拙催科黜无赦
（因催粮禁赌过此）。
肩舆一道出荒郊，步入平原村市嚣。
野老呼驴并喝雉，少者效尤行不轨。
嗟尔服田力穑人，习为掷投劳其身。
暮暮朝朝事游戏，不为家人生产计。
一朝缧绁在幽囚，蓬头跣足颜面羞。
使君本具书生色，悯尔村氓无智识。
暂开汤网释尔身，谕尔安分作良民。
如再愚顽蹈覆辙，法律森严为尔设。
我来更欲与尔言，今岁粮钱及早完。
内修政治卫桑梓，外养甲兵固吾垒。
去年都督令免粮，只为一时谋救荒。
今岁复下催征谕，国民义务终当顾。
我心焚香可告天，嗟彼父老何不前。
邑人古语犹在口，天下虽饥饶独否。
迩年虽值乱离多，禾黍芃芃生绿亩。
尔民何事饰迍邅，坐令下考重吾愆。
此来不畏风霜肃，明日西行又海烟。

新衙蠹

（民国成立，禁用捕役，然县兵之黠者，其弊害较捕役尤甚，朴实者捕盗更无能力，赋此志感）

汉族重光清社屋，三班改换旧名目。
背负枪刀当鞭朴，名为县兵实贪黩。
饬令捕匪路未熟，匪见兵来已远伏。
诈言我为官心腹，入乡视民为鱼肉。
此辈生小弃耕读，案情轻重不能烛。
摇钱不计大小木，包烟纵赌兼贩鬻。
逐利如同啖菽粟，吸尽脂膏不留啄。
哪管民间吃饘粥，昔年胥役承公牍。
亦尝揶揄我民族，一遇荐绅禀当轴。
奸宄卒难逃显戮，嗟彼县兵侍公仆。
手持凶械如霜镞，大队一来人畏缩。
乡里受欺额频蹙，官在衙斋食天禄。
那知穷檐一路哭，鳘生初出为人牧。
睹此弊端殊愧恧，力去城狐威令肃。
为我闾阎谋幸福。

巡乡杂咏

（饶平作）

（八首）

凫飞初到古双溪，匝地荆榛斩不齐。
政牍如丝棼暂解，芒鞋踏遍陌东西。

万顷秧田一色新，共和雨露及农民。
篝车预卜秋期熟，扫尽仓箱劫后尘。

尊君山下水双流，灌溉纵横绿满畴。
一道轻车过陇亩，夕阳牧笛四山秋。

鸡唱荒郊吏役忙，踏烟凫舄趁晴光。
前村报道萑苻炽，默遣熊罴先入乡。

在乡无异在城忙，赢得安仁两鬓霜。
讼狱繁兴随地了，敢云治绩懋龚黄。

不见村民呼癸庚，儿童竹马陇头迎。
柴门爆竹惊山鸟，下榻先询进善旌。

闽汀接壤逋逃薮，水陆交通缉捕难。
火烈临民民鲜死，使君心迹异刘宽。

踏遍中饶与上饶，提封百里路迢迢。
云山风景随村异，尽把江郎彩笔描。

望耕亭遣兴

（亭在饶平县署后）

（四首）

琴堂尽日理棼丝，一放衙斋便赋诗。
烟雨万家迷醉眼，醍醐一盏破愁眉。
春深我欲栽棠树，岁好人争献藿葵。
报道平畴秧水活，休嗟无术补疮痍。

公余偷得偶闲身，待诏山头正好春。
下厝云深迷雁齿，双溪水涨湿龙鳞。
廉分鹤俸增修堰，赋减鱼租恐病民。
我爱芸生勤力穑，省耕长作陇头人。

忆昔流民郑侠图，征鸿满地听哀呼。
千家蔀屋多饥馑，万顷秧田半槁枯。
王谢流离忘拂尘，姬姜憔悴泣啼乌。
从今四境狼烟扫，敢说民歌我后苏。

望耕只在识民艰，一幅豳风绘亩间。
单父马期星月作，河阳潘岳鬓毛斑。

为官转爱为农乐，在国何如在野闲。
览尽田家风趣好，瓜期如届定还山。

留别饶平士民

我心似子文，旧政必以闻。简书交替毕，归心何遽疾。
破晓别绅民，道出石溪滨。送我大庵口（地名），父老随其后。
五步一离筵，十步一管弦。爆竹惊飞鸟，遮道离肠绞。
使君有去思，问谁能解说。中有老人星，扶筇来惜别。
自道军事兴，两次遭流血。遍地尽萑苻，嗷鸿声凄咽。
自有我公来，群凶悉殄灭。六计儆廉隅，斋心侔玉洁。
肺石达穷民，奇冤尽昭雪。昔日隶幈幪，浑忘公骏烈。
今日乏棠阴，始悟公人杰。野老尽攀辕，泪拥双溪雪。
吁嗟乎！
民本有至性，有诚感斯应。清夜自扪心，茧丝惭报称。

步庄敬斋送行诗原韵

（四首）

书生才薄愧匡时，捧檄岩疆泽未滋。
邑有澹台躬获益，交逢伯玉善相资。
堂悬明镜凭君助，竹抱虚心是我师。
一载铜符珍重握，龚黄得失寸心知。

乱后浇风未易淳，芸生何日乐熙春。

毒流罂粟狼贪墨（时罂粟已铲尽，因军人办理过激又酿事变），化梗桑林雉未驯。

三月政成惭报最，一官学制负生民。

瓜期序别无多语，愿祝年丰洽比邻。

单父重来未敢期，阳关一曲赋归辞。

良言佩服嘉君赐，别意殷虔贶我诗。

鲁国灵光文未坠（敬斋曾充瑞光校长），汝南月日品无疵。

琴堂夜雨芸窗月，屈指同舟有几时。

攀辕感泣去迟迟，怜我清风两袖吹。

屈子有怀吟楚泽，羊公无绩纪丰碑。

狗屠侥幸官终黜（同事军官办理不善，被上峰以才力不胜黜职），

凫鸟归来意自怡。

明日扬帆鮀浦去，依依别绪系杨枝。

鮀江旅寓暑气蒸人　甲寅[1]

槐柳无阴护岭东，骄阳炙手气熊熊。

自知无力回焦土，休把薪添热灶中。

注：［1］甲寅：1914 年。

由轮舟抵上海作　乙卯[1]

万里长风破浪飞，蜃楼海市认依稀。

莺花历历迷人目，尘海茫茫染客衣。
马援山川图未改，春申珠履客来归。
庄严国土如瓜裂，把盏无聊盼夕晖。

注：［1］乙卯：1915 年。

申江夜饮

熳烂银灯照玉街，莺花照我畅襟怀。
低眉迎笑争工拙，媚态逢人别等差。
珠贝琳琅喧夜市，楼台金碧荫香阶。
茫茫人海寻诗趣，醉把胡琴援馆娃。

游张园[1]

大江唱罢浪争淘，裙屐招邀尽俊髦。
异地芳华迷醉眼，名园春景滞征袍。
袖携岭海新诗卷，来觅申江旧酒豪。
消尽中年哀乐感，阳春寡和曲弥高。

注：［1］张园：江苏无锡富商张叔和于 1882 年在上海所建，是上海最早向社会开放的私家花园。

抵天津

五河争合汇中枢，南北藩封此要区。

万国商船来海市，四都铁轨萃康衢。
茫茫人海忧茵溷，荡荡天门捷足趋。
举国同瞻新日月，鹏程九万快抟扶。

飞絮

（二首）

灞岸东风散落花，白银遮遍路三叉。
因风有影飘空际，堕玉无声点水涯。
十里粉云村外路，一篷寒雪野人家。
君看谁是销魂客，失意刘蕡别绪赊。

金门话别马蹄遥，飘泊惟君伴寂寥。
细荡晴空迷旧路，低黏破帽送长桥。
隋堤瞥见新愁集，堠馆难将夙恨消。
身世浮沉宁独我，眼前物态尚漂摇。

听戏

（四首）

宫门荆棘莽铜驼，昔日霓裳慨逝波。
薄海同瞻新日月，梨园再演旧笙歌。

楼台满座尽周郎，燕赵悲哀曲绕梁。
南国新声同郑卫，歌喉谁道协笙簧（京戏亦有操南音者，人少喝彩）。

铜琶铁板唱江东，销尽英雄泪眼红。
无恙河山风景异，落花时节遇焦桐。

胭脂人面碧桃花，零落芳春减物华。
不是江州白司马，休因老大泣琵琶。

过杨继盛[1]故宅

一封章疏达天阍，万载犹留血杖痕。
祸慨仇鸾征卓见，心同沉练仰忠魂。
于今祠宇空秋草，终古文章重德门。
我为直臣来下拜，恨无遗像表清芬。

注：［1］杨继盛：明代著名谏臣。字仲芳，号椒山，直隶容城（今河北容城县北河照村）人。

游天坛

万松深处碧参天，明室圜丘尚宛然。
黍稷非馨书有训，缘何迷信数千年。

京内黄尘蔽天，翌日始散

黄金台畔黑云遮，散漫寒埃堆积沙。

溷浊已成今世界，溟蒙尚觉梦繁华。
莺花暗淡含兵气，尘海苍茫走雪车。
闻道都城宫阙丽，可怜放眼总槎枒。

暮春伤怀

（旅京作）

今岁花开又一年，茫茫春梦不如前。
醉看紫绶新人物，愁听青楼旧管弦。
不见金台迎郭隗，何堪燕水慕青莲。
流光一去同梭疾，中夜闻鸡猛着鞭。

过大沽口

津门落日照残台，千里金城门户开。
环海楼船冲腹地，中原戍垒没秋苔。
弃觚介子嗟何及，投笔班超去不回。
可惜神州三辅地，边防一失马嘶哀。

夕阳

莽莽乾坤剩夕阳，纵观世界尽沧桑。
亢龙失脚万蜂碎，猛虎鸣牙百兽狂。
独客金台愁照影，闲依瓮牖想分光。
关河历历苍生泪，怅望尧封遗恨长。

过东交民巷

当年叔带召戎来，丧失威权举国哀。
竹使衙斋围大掖，花门壁垒接蓬莱。
弹丸直指齐云观，羽骑环窥戏马台。
铁聚六州成大错，挽回全仗救时才。

游万牲园

长安东道恨无人，犹有芳华照眼新。
欲把飞鸿留雪迹，且将匹马踏芳尘。
畅观楼上风飘袖，烈士坟前泪湿巾。
历数兴亡无限感，好凭樽酒话良辰。

登畅观楼[1]

（二首）

御床洒扫寂无人，楼好谁为作主宾。
壁上画图留墨沈[2]（悬西后墨梅画甚多），庭前锦褥萃文茵。
隋宫彩舫埋幽壑，晋室铜驼莽古榛。
我亦天涯沦落客，睹兹景物倍伤神。

可怜初拓名园景，万树扶疏不见春（春尽尚无花）。
阆苑人稀烟鸟噪，上林木落雪花新。

感怀帝胄肝肠裂，极目苍生涕泗频。
锦绣江山还我族，满园膏泽润烝民（改作公园）。

注：［1］畅观楼：建成于光绪三十四年（1908 年）初，为清末皇室郊外行宫，位于农事试验场（北京动物园前身）西北部。

［2］墨沈：墨汁。

再游万牲园有感

繁华邸第叹王公，麋鹿今朝入汉宫。
园鸟有情怜故主，林花依旧笑东风。
中年杜牧游燕市，薄俗刘伶恋蚁筒。
击筑悲歌烟柳外，城西日暮滞征骢。

入陕西巷

（二首）

百花丛里斗芳菲，趁日游人入翠帏。
红粉娇痴工舞袖，青衫落拓感征骓。
天涯走尽无知己，月下吟余悟昨非。
不是琵琶江上客，缘何听曲泪沾衣。

芙蓉花下锦铺茵，几个亭亭劫后身。
风月无情醒午梦，春秋易度爱芳辰。
南朝粉黛谁怜我，北地胭脂尽可人。

斗酒诗才输太白，长安市上愧羁身。

吊颐和园

（四首）

临民浣濯戒公羊，怎□天教胜国亡。
十匠九柯铺凤彩，清阳玉叶炫龙章。
漏危点点归鲸鳄，冷血年年饲虎狼。
万姓脂膏供燕乐，海军从此堕边防（原议办海军，后将此款移造园）。

万户千门绕建章，张华博物莫能详。
石舩铺尽青蒲席，紫阁悬垂碧玉珰。
千佛楼高藏宝相，四洲部落伏魔王。
武阳忽报烽烟聚，索靖宫门泪两行。

二百余年行乐地，君王不复问虾蟆。
排云宫殿（园中殿）留王制，破碎山河入汉家。
旧国无人悲秀麦，幽丛有客叹分瓜。
金瓯坠地犹无缺，勿再因循哭国髽。

艳说陈隋歌舞场，游人车马系垂杨。
英雄已偃中原志，帝子犹依汉族光。
金爵觚棱新阙迥，铜驼荆棘旧宫亡。
昆明湖上空秋草，落日亭台夜气凉。

游中央公园

（二首）

九白梯航失海山，不闻禁令出郊关。
芳车万马穿金阙，古柏千秣绕紫圜。
花落御沟随我拾，柳迷上苑听人攀。
阿房共羡咸阳胜，游骑千群任往还。

紫禁无人事早朝，金城览胜马蹄骄。
游蜂不见君王妒，醉蝶犹余粉黛娇。
复道盘纡仙仗寂，御香扑灭宝车遥。
莫嫌旧日皇宫冷，花满春明景倍饶。

幽都

茫茫燕水接平堤，阮籍猖狂失所之。
欲作南阳高十隐，陟闻北塞羽书驰。
乡关迢递音书隔，旅况萧条岁月移。
身世槎枒徒抚髀，镜中愁见鬓如丝。

旅京感时

白宫受命历初年，肉食犹闻鹤乘轩。
系带临风随玉辂，貂裘入夜出金门。

天涯洒遍王孙泪，南海深居帝子魂。
五丈龙旗看不见，人人笑指北宸尊。

登宣武门有感

重重雉堞固金汤，太液[1]瀛台绕帝乡。
胡虏山河悲失鹿，共和政治感亡羊。
书生空具荆轲志，壮士惟余阮籍狂。
朔漠三封风鹰静，乃心王屋乐无央
（时袁已闻有帝制思想）。

注：［1］太液，原文为大液，应为太液，位于唐长安城大明宫北部，是唐代最重要的皇家池苑。

出都门感赋

彼苍生我欲何为，天下兴亡实共之。
燕市几人歌秀麦，商山无处觅灵芝。
秀才恨不生三耳，国难何须费十思。
浊酒难消身世怨，痛心一片寄哀丝。

过吴淞口

一帆烟水入吴淞，夹岸波涛向海冲。
汉沔北来成总汇，江湖南下尽朝宗。

崇明岛外狂潮涌，歇浦滩头夕照浓。
万里壮游经此地，欲从吴下问阿蒙。

入黄浦江

海门风浪接平畴，蜃市涵空淑景收。
芳草天垂云色合，晴霞晚带水光流。
万邦辏辐来中土，百货帆樯达五洲。
日落市城何处认，春申江上建华斿。

自京回里将之蜀， 步晓山兄赠别原韵

双溪瓜代剑犹悬，又向长安走马旋。
廿载浪游如梦幻，一官瓠弃替余怜。
我忧西蜀关山远，君慕南阳相业贤。
此后扁舟巫峡去，清名敢诩鹤琴传。

临入蜀是晚晓山又赠二首次韵答别

桂里秋高月半天，乡关棣萼话团圆。
明朝怕看河堤柳，别梦如丝缕缕牵。

骊歌唱罢别琼筵，话到临歧意惘然。
千里行装琴与鹤，一帆风送锦江边。

将之蜀赋感

（二首）

四十余年志不成，南柯无梦破愁城。
题桥愧乏相如愿，聊向临邛载酒行。

墨绶同承诏语宣（吾梅分发四川者四人），是谁猛着祖鞭先。
武侯勋业垂青史，谨慎行为自罔愆。

行抵汉阳检阅心松弟《中秋玩月诗》感步原韵

遥忆中秋月色阴，驹光转瞬又成今。
白云断影沉凫舄，黄鹤何人送笛音。
客邸寂寥增感喟，异乡风景慨销沉。
君曾此地留鸿雪，相对天涯写素心。

入蜀江道次心松弟赠别原韵

（三首）

元白三唐著作才，骚人压倒亦豪哉。
谱来三叠阳关曲，袖出河梁读几回。

宦海波涛感昔年，下车冯妇术惭偏。
此行只为甘棠颂，琴剑萧然入锦川。

路入巴巫蜀道难，两山排闼夹飞湍。
曾经数百长滩险，风雨猿声客梦寒。

望金陵

石城矗立大江东，金碧楼台入望中。
元武湖[1]边春水满，紫金山下淡烟笼。
几回军列鸦儿黑，何处花开狗子红。
王气金陵销灭尽，青山无恙草蓬葱。

注：[1] 元武湖：即今南京玄武湖，当时叫元武湖。

过九江

匆匆一棹过江州，不见浔阳送别舟。
惆怅荻花千尺水，感怀枫叶四弦秋。
闲居最爱匡庐好，作宦何堪蜀郡游。
汽笛一声催客去，琵琶亭畔景悠悠。

登黄鹤楼

危楼屹立蛇山上，迁客骚人感慨多。
天下人人是崔颢，世间处处有东坡。
莫将词赋夸前哲，但借河山助啸歌。

好景眼前无意写，登临只喜醉颜酡。

舟泊汉口

江楼画角撼天风，两岸惊涛荡碧空。
横槊有人来夏口，过江何处问阿蒙。
紫龟山下晴川绿，黄鹤楼边夕照红。
遥指汉阳城郭在，万家深树暮烟笼。

登武昌城

（二首）

三楚精神萃一楼，古今无限汉江流。
秋城鼓角声逾壮，晚市亭台景倍幽。
大局东南撑半壁，群豪羽翼聚中州。
凭栏怕听潮声急，休把闲情付白鸥。

光复由来仗义师，此中豪杰尽人知。
渡江击楫卑秦筑，扪虱谈兵陋楚辞。
南北联和销虎帐，武阳首义倒龙旗。
洲前芳草楼前笛，感慨河山一局棋。

由宜昌入蜀江

（三首）

漠漠荆南属郢都，大江西上接巴歈。
最怜楚些秋风急，一曲行人旅梦孤。

路入巫阳蜀道歧，两山夹岸竞雄奇。
曾经数百寒滩险，风雨猿声动客思。

此间性命寄篙夫，何爱千金七尺躯。
三峡山川天下险，临深惶恐入夔巫。

晓过白帝城

萧萧古木荒城外，想见连营败衄时。
风雨哀猿夔峡暗，河山逐鹿蜀江歧。
永安废殿成灰烬，八阵雄图剩石坻。
天不欲兴炎汉祚，托孤终莫固邦基。

舟经夔州望见杜工部草堂

少陵一去成千古，江上祠堂宛见之。
幕府何人继高躅，游踪到处剩遗诗。
一生心事关君国，垂老干戈值乱离。

茅屋萧萧谁驻足，空山萍藻动人思。

自重庆入成都道中书所见
（四首）

历尽关山几万里，锦官城郭望无踪。
肩舆直入荣隆道，溪径微茫剩落枫。

资水东流送落花，唐明渡口市声哗。
劳劳车马斜阳路，何处临邛卖酒家。

十日长途经七邑，邦人州处聚城垣。
东西川路成崎岖，不见平原接大藩。

八千里路伤行役，我马维瘏倦远征。
报道武檐宫阙近，龙泉驿下道途平。

川南滇军起义 丙辰[1]
（二首）

竞逐中原鹿，烽烟聚益州。锄奸驰义檄，讨贼萃髦头。
泸水寒潮咽，岷江碧血流。可怜天府国，白骨满荒丘。

厄运逢阳九，生民祸患临。白宫刚受命，黄屋又熏心。
时局悲苍狗，豪强召绿林。天南鼙鼓急，惊起梦中禽。

注：［1］丙辰：1916 年。

川西土匪蜂起，官军无力剿平

（二首）

西蜀萑苻起，苍生苦乱离。血流泸溆浒，泪滴锦江湄。
士卒疲奔命，权奸暗把持。茫茫天府地，无术起疮痍。

川西十六国，匝地起狼烟。琴剑飘零日，干戈扰攘年。
芙蓉城郭暗，鼙鼓市墟阒。孰是为戎首，篝安称帝天。

川南行

（丙辰四月，帝制发生，滇军起义，川省首当其冲，时余就职警备总司令部，寓居成都，闻叙永一带居民惨遭涂炭，感而赋此）

毒雾溟濛天地塞，狂飙四起沙尘黑。
一人称帝千人王，揭竿起义如虎狼。
田单火牛纵奇阵，士卒前驱冒锋刃。
城门失火及池鱼，千家蔀屋兆焚如。
叙州白骨埋荒草，泸阳赤地涂肝脑。
我闻辛亥革命年，川民罹祸最堪怜。
满目疮痍犹待恤，编氓忍再遭锋镝。
嗟彼猿猴效独夫，熏心王屋侈珍符。
昆明志士争起舞，巴蜀南隅先用武。
电掣风驰义阵横，欲立赵帜下齐城。

风惨惨兮战云覆，天沉沉兮鬼夜哭。
苻坚望气心先惊，卒使黄龙年号更。
谁知覆水难收拾，护国诸君据城邑。
将军虎威镇巴巫，鞭长不及救益都。
天命不属人心失，大地干戈难统一。
锦里云横不见天，回首岷江泪涌泉。

望江楼书感

踏遍中原土地烟，望江楼外景偏妍。
眼看风物兼南北，梦入烟霞乐管弦。
埋镜山头寻杜宇，支机石[1]畔问张骞。
遭逢乱世忧深杞，强策吟笻意悄然。

注：[1] 支机石：汉传说为天上织女用以支撑织布机的石头，亦借指织机。

蜀中悯乱

（四首）

极目川黎苦战争，托身无所类鲂赪。
欃枪过处成灰土，兵燹摧余剩石城。
道路疮痍谁抚恤，田园芜蔓莫安耕。
神州浩劫斯为甚，搔首苍天涕泗横。

草泽英雄半狗屠，髦头又是牧猪奴。
虎皮蒙面同川噜，兔窟藏身聚益都。
邑有流亡图莫上，人殷霓望后来苏。
倒悬饥渴何人解，廉范重生赋袴襦。

作楫无材欲济川，伤心雕瘵意肫然。
自惭揽辔无长策，尚赖投鞭有众贤（时有刘、罗、熊各师长维持治安）。
伏穴蛟螭愁未靖（土匪假冒护国军滋扰），绕枝乌鹊苦求全。
我来空抱匡时略，无路排云叩帝天。

沉郁风云四十年，平生学业在青毡。
人来鸟道肠回九，家在羊城路几千。
薄宦自增冯妇感，诗名敢拟杜公传。
蜀江终有澄清日，底事安排祖逖鞭。

送杨穆生[1]回京

仓皇行李出西川，短剑随身上蓟燕。
归去漫寻元亮柳，临流再着祖生鞭。
廿年旧雨怀人切，千里停云别思牵。
共事长安多伴侣，定教韬略管戎权。

注：［1］杨穆生：原名杨志澄，字少穆，梅县攀桂坊人。毕业于广东

武备学堂，后留学日本振武学校和陆军士官学校。回国后曾在北洋政府任职，官至中将。

谒骆公祠[1]

论治同推诸葛贤，盗平西蜀溯当年。
无心出岫云常荫，有口成碑字不镌。
万古威名留将帅，一生治绩炳湘川。
文章经济传青史，瞻拜遗徽尚宛然。

注：[1] 骆公祠：位于成都。骆公祠街现名和平街，在清代同治年间之前原名子龙塘街，相传此街在蜀汉之时是五虎上将之一赵子龙的故第之处，故名。

送张雪侯叶伟民杨梦德出蜀

半年李郭喜同舟，未作峨眉汗漫游。
北阙盛传黄屋制，西川早见血波流。
羡君远出夔门峡，愧我仍怀锦水秋。
遥指还旌江汉上，几人云路策骅骝。

成都客感

（二首）

冷宦门前雀可罗，西风入夜客愁多。
蓉城有主空招隐，锦水无情慨逝波。
忧国诗文怀李杜，安邦事业属留何。
卧听楼外笳声急，莫是萧墙再倒戈。

欲向临邛借酒卮，萑苻遍地我何之。
升仙桥畔无人过，埋镜山头有马嘶。
郑侠流氓图莫上，文翁郡守驾来迟。
烽烟靖后知遗爱，孰把郇膏蔀屋施。

之任梁山[1]

（二首）

天怜涸辙困枯鱼，为借翁归一纸书。
半载烽烟余战垒，一囊琴剑伴轻车。
敢期叔度歌来暮，但愿亡秦法尽除。
安得蜀中长偃武，三台民病立时舒。

桃花曾试种河阳，再绾铜章默忖量。
悬镜欲同冰上吏，锄荆惟凛戟枝霜。
岁荒预备谋输粟，禾熟先期劝筑场。

四字临民天可告，清勤慎外忍犹良。

注：［1］梁山：原四川省梁山县，1952年改为“梁平县”，现隶属重庆市。

感尹公昌龄知遇

（余到川半载，初未识尹公，昨日一见，明日即蒙委梁山，可称知己。赋律以志不忘）

（二首）

卿云红护锦城东，开阁招贤秉至公。
百俊储才逢薛卞，万人如海识英雄。
泰山顷刻兴霖雨，细草今朝被惠风。
我负重恩如五岳，巨鳌浪矗九霄中。

蓉城誉著惠文冠，群仰恩如海样宽。
学制何曾知我拙，怜才窃叹遇公难。
玉堂骏望钦苏李，江海鸿文仰陆潘。
自问无人先说项，秋风一动鹗飞翰。

巡游梁山诸寨

书生文弱不知兵，固圉偏劳筑柳营。
百里山川环作障，千墟壁垒各成城。
蒐苗教练戎机习，雉堞严防夜柝鸣。
共羡坞垣成铁瓮，四郊鼙鼓听无声。

令各团总修寨守夜

四围树砦镇河山，碁布星罗瞰百蛮。
险叠千重环蜀岭，雄如百二壮秦关。
戍楼夜哨灯光灿，雉堞斜分月样弯。
我为此邦除冠盗，羊肠历遍不知艰。

高梁怀古

（三首）

崔巍形胜郁都梁，地接离郊入正阳（县署后山）。
西北平原无瘠土，东南峻岭辟穷荒。
瞿塘故里斜晖在，涂古（梁山古族）遗踪片石藏。
俯视三台山一笏，独留香海映文昌（山侧建奎星阁，左厅凿有水池，名香海，为邑人讌集之所）。

醉佛翔云（二楼名，今废）吊故楼，沧桑今昔此同愁。
亭藏白兔中丞表（白兔亭在蟠龙山。明巡抚宋沧抚蜀，获白兔于此，上表献瑞，奉敕建坊亭），洞隐蟠龙广泽侯（蜀将张卞谏先主攻固陵，不听，入山炼道。相传为蟠龙洞水仙，宋封为广泽侯）。
汉篆遗文崖穴在（宋绍熙中，有樵夫得一券于崖侧，镌汉篆。相传赤眉之乱，有吕保家资巨万，藏金于崖穴。贼畏险不至，举家终焉。篆文即详其事也），唐碑新诫训词留（碑为明皇御制，名曰令长新诫，共四十八字，均训饬官吏语）。
平生愧乏昌黎学，到此蛟龙尚出头（俗传李唐时有白虎、蛟龙为害，韩昌黎尝按部经行，害乃去，作碑记之）。

胸腮名邦属汉疆（梁山本汉朐䏰地），嘉鱼美味穴中藏（魏分朐䏰置鱼泉县，即今县地，以丙穴嘉鱼为名）。

经储法院瞻丛桂（破山明），易著求溪仰瞿塘（来知德）。

绿荫池荒惊蔓草（池在旧学署东北，今废），浮兰碑没失夷王（邑志：东都益部郡县，夷汉杂居，当时太守有德政，繁县夷人共立此碑。今废）。

高梁黛色年年绿，钟毓灵奇代有光。

夔子咽喉锁蜀东，巴巫接壤古称雄。

万年天子颜书劲（盘龙山悬崖绝壁凿有“万年天子”四字，书法古劲。闻是明抚臣宋沧书），四二兜罗佛手工（邑志：赤牛山觉林寺东，有石琢大悲像四十二手，皆有所执，今尚存淳祐碑）。

思德王师终御寇（宋李顺扰梁山，师德率兵尽歼其党），涂原乡勇竟收功（献贼犯境被击退）。

我来初作牛羊牧，采访刍荛遍峡中。

游蟠龙洞

（在蜀梁山县东三十里，祷雨辄应）

（五首）

南浦连年忧旱魃，我来禾稼庆登场。
云山万叠皆膏雨，不向蟠龙事祷禳。

乘兴南游过鹫岭（白兔寺今成梵宇），更从古洞入龙宫。

游人胜迹传千古，数幅残碑剩藓红（洞中尚有陆游、吴皋喻、杨载鸣、冯礼元诗碑）。

古树双虬镇洞边，苍苍黛色欲参天。

此间六月无炎暑，知有神龙降玉涎（洞口有石垂下丈余，状如龙舌，滴水如珠）。

沧海桑田慨变迁，鸱夷人去已千年。

是谁授我金丹诀，早与蟠龙上九天（蜀将张下逢鸱夷子，授以丹诀，相传为蟠龙洞水仙，能兴云致雨）。

作吏高梁愧滥竽，云霓何日慰其苏。

龙床卧起无消息（洞有龙床），我为苍生待泽呼。

喷雾崖

（在梁山东，蟠龙洞之泉倾泻于此，喷薄如雾，范成大以为天下瀑布第一）

蟠龙之山天下奇，捧檄来梁一见之。

磴道盘曲数百步，一线银河悬瀑布。

肩舆倏忽入青云，空翠微茫接烟雾。

有亭翼然名白兔，夏言姚涞留颂赋（二人作《白兔颂》赋）。

老僧款客设伊蒲，别有天地同方壶。

年来厌听金城角，到此黄冠有先觉。

授我丹诀心绪宽，黄粱一梦入邯郸。

醒来再游三里路，洞口蟠龙喷甘澍。

人说山幽洞更幽，父老传言信无误。
游人纪迹昔何多，三五石碣苔文蠹。
洞头玉笋倒壁悬，龙涎点滴如珠露。
从者蹇衣穷其源，窟深火灭人惊怖。
中有龙床不获探，任教海客侈瀛谈。
七重仙关空想像，千载妙谛无人参。
卧龙一睡不复起，苍生渴望甘霖喜。
我欲探求颔下珠，依然避匿深洞里。
黄鹤乘云不复见，莽莽红尘飞石燕。
英雄前路泣茫茫，欲学蛰龙息野战。

过福利山

（俗名狐狸山，在梁山县西北八十里，与大竹交界。光复初，尝有匪徒啸聚，今已扑灭）

此地王阳未敢过，我来不见硕人莛。
化行鸟道消风鹤，路入羊肠少橐驼。

穴靖萑苻资保障（清咸丰年间，匪徒窜扰，屏锦铺绅团在此堵御），险周树砦壮山河。

于今民物欣安堵，古庙神功佑顺多（山顶有庙，清同治颁有“神功佑顺”匾额）。

高都山

（亦曰都梁山，在梁山县北，旧有高都驿，乃唐天宝进荔枝之路）

晓露沾衣出近郊，高都驿站化蓬茅。
岭南贡荔今无路，山北栽姜旧有坳（山土黄，民多种姜）。
花送春归飞古塔，鸟衔果熟过新巢。
南方菩萨遥相对（菩萨顶，山名，与北山相对），不减秦关百二崤。

万石楼

（在梁山东北城外数十步，又名文峰楼）

（二首）

公余览胜上层楼，四壁云山一望收。
白兔（亭名）西悬添画意，赤牛（山名）东峙豁吟眸。
千层绣陌环城雉，百尺雕栏仰斗牛。
绝好江山归管领，愧人呼我小诸侯。

绿杨城郭古都梁，后峡前涪接瞿塘。
五凤楼高凌碧汉，三台山近映文昌（离楼半里有三台山，建奎星阁）。
峰瞻北斗科名兆，水满西畴穲稏香。
极目郊原佳气集，酒斟绿蚁兴犹狂。

垂云楼

（在梁山北城外，左瞰万石，右倚东山，景物奇丽，峡中未有）

此邦佳丽北城饶，五凤垂云十丈高。

铁佛四尊供古刹，洪钟一座协鸣鼗（楼顶悬四千八百斤洪钟。楼北报国寺有大铁佛四座镇水口）。

楼环南浦珠光灿，门向东山黛色娇。

春晓试从栏外望，万家云树画难描。

一载排衙两鬓焦，每逢佳胜减情豪。

万家忧乐心头共，八面风云眼底撩。

远树虬龙方极目，近郊鸿雁又闻号。

愧无单父鸣琴治，怕上危楼听夜杓。

因公自沙河铺[1] 至黄土坎入屏铺　丁巳[2]

百里分封地，东南道路修。排衙无日暇，出郭羡云游。

贼去民安堵，途长仆裹糇。沙河方息马，黄土又鸣驺。

望望三星顶，遥遥万石楼。一杯酌鹦鹉，万事等蜉蝣。

忽觉斜阳暗，翘瞻暮霭浮。蟠龙青似黛，石马碧于油。

白兔波千片，金牛月半钩。论文当拜相，论武亦封侯（县俗谣）。

忝列专城任，时虞覆悚羞。地因繁剧重，官为旱荒忧。

到处悬秦镜，随村问楚囚。闾阎还揖让，胥吏静呀咻。

勿把腰轻折，休嗟命不犹。铜符今日绾，手扳异时抽。

竹马谁迎郭，囊钱愧送刘。有升亦有降，能发贵能收。

此地初停马，遗民正服畴。龚黄期懋绩，李郭许同舟。明日迴龙市，长途仆马愁。

注：[1] 沙河铺：在成都市内。

[2] 丁巳：1917 年。

巡场半月每日席饮，感而作歌

自从捧檄来高梁，报最无闻愧龚黄。偶因缉暴入穷荒，遍历东西南北场。菜花满路春风香，两日一场倾百觞。人道为官口福胜殊常，我身当之倍惭惶。萑苻未息心未遑，满山毒卉更为殃。樗蒲扑克遍村庄，睹兹秩序神惨伤。忍令士女罗酒浆，座上项脔兼河鲂，无非万姓之脂肪。不见村民储赀粮，但见官吏餍膏粱。此行虽云乐，民力苦输将。鹅炙杂蟹汤，举箸费思量。世人作牧多轻狂，馋馭大嚼如贪狼。岂知下箸万钱亡，官署一杯酒，民间千日粮。作吏岂真为口忙，每念黔黎九回肠。自我巡游到此乡，时光屈指半月长。潘花学种无几行，绅民留宿共相羊。四乡奔走历风霜，到处有酒可饮有羹可尝。起视四境天苍苍，差幸鸿嗷返故疆。属内赤子免流亡，雀鼠无敢偷太仓，化除顽梗尽为良。我愿人人家小康，不愿数人酒食共徜徉。数人酒食共徜徉，群生千万泪汪洋。何如膏泽足甘棠，官民共乐乐无央。更有一事为君详，知己恩深不可忘（指尹六昌龄）。谆谆谕我劝农桑，巡乡德意代宣扬。非因酒食来相商，此邦父老勿张皇。

祭圣颁胙戏作

今夕复何夕，仲春月在丙。国仍重丁祭，文庙牲牢省。
我为主祭者，竟叨燔肉领。随从助祭官，亦同邀庆幸。
嗟余饮食人，一饱万缘屏。平生负齿牙，未啖红绫饼。
无钱付屠门，有口咬菜梗。坐令便便腹，瘦如病鹤颈。
今日绾银黄，书生仍旧境。昨宵食指动，知染阿谁鼎。
循例祀先师，楹庑大牢整。归来治郇庖，咄嗟厨仆敏。
大餐偶尔啜，色味俱绝顶。可惜无宾朋，大嚼忘噎哽。
昔年啖野蔬，浑忘腰骨瘠。今日啖珍奇，陡觉带围紧。
同是七尺身，遭逢竟异等。常怀覆悚忧，或贻肉食哂。

驻回龙场[1]督铲烟苗，作歌当哭

巴蜀东界古蚕丛，高梁一隅隶栟幪，奥区绣壤阡陌通。旧时耕凿安愚蒙，万家饼饵吹香风，江水清绝山玲珑。报赛有典行秋冬，百年乐利歌时雍。一自洋药入亚东，举国人人嗜好钟。嘉禾改植阿芙蓉，稻花变作罂花红。约章禁令严蜀中，我牧斯土心忡忡。芒鞋朝夕踏远峰，披霜冒雪惫形容。千村毒卉含青葱，兼旬铲尽亩成空。傍有父老告闵囗，小民不知号令洪。去年帝制祸未终，满地罂粟长芃芃。收成更比稻粱丰，今岁人心趋利同。栽培万顷盈南东，何图西南告成功。黄陂复任威令崇，禁烟命下如疾风。芟夷净尽山如童，大田沃野槁爞爞。数十万人生计穷，使君为蜀郡文翁。遗爱当能彷鲁恭，我闻悲痛入五中。只对父老哀苍穹，自揣功令当遵从。何能为尔事通融，百思无计慰三农。只有一言效厥忠。捐资助赈先吾躬，轻徭薄罚悯哀鸿。更将蚕桑业扩充，补助差免今年凶。

注：[1] 回龙场：在今成都市内。

因公至垫江[1]

鸡声催我出郊忙，沙平关外云苍苍。
远山作意斗眉黛，绝少行人挑野菜。
人言川中啯噜多，山林啸聚信无讹。
三华山下掘巢穴，野火燎原不可灭。
我因会剿来此方，贼见兵来已远飏。
肩舆屈曲数百里，捕贼心急忘途长。
野花扑鼻不闻香，愁见萑苻入我疆。

注：[1] 垫江：今隶属重庆市。

自麻柳场出太平场，宿沙了场，凌晨又由马家场出石柱坪，经仁和场而归，沿途杂感

（八首）

百里巡行始着鞭，冒头雨雪正弥天。
马蹄乱踏众山黛，凫舄横冲野市烟。
公案携来随处了，民风化后见官贤。
嗤他归去陶潜懒，不管人间俗事牵。

蜀道崎岖敢避难，烟霞踏遍不停鞍。
劝农聊恤民生困，弭暴休辞智力殚。
瘦骨每因行路健，劳心岂为出郊宽。
长途山色虽云好，为悯鸿嗷未暇看。

一路江山纵目采，蜀东风景旧曾谙。
当途丛棘春须铲，空谷幽兰味自含（时匪敛迹，正人渐肯任事）。
保甲万家鸣夜柝（余令团丁轮流守夜），村庄十里住烟岚。
人非鸥鹭忘机者，何故林泉癖性耽。

水满池塘绿满村，到来父老尽攀辕。
感言花雨沾生佛，独坐琴堂理狱冤（办命案）。
客里难将诗酒遣，乡间转觉案情烦。
莫愁雀角频穿屋，待我巡农塞本原。

佛立山头霁色开，金轮涌出照岩隈。
人家楼好围红杏，客路溪多种古梅。
胥吏休惊风土熟，使君原自草茅来。
痴心欲向村民问，是否棠阴自我栽。

牧童歌唱夕阳中，村落人烟一水通。
不管前途泥滑滑，欣看平野黍芃芃。

嗟余鸟道飞凫履，替尔蝼生脱兔罝。
莫怪斯官来曷暮，昨宵鸡唱促行踪。

入市村民爆竹燃，荐绅鹄立列阶前。
行厨自设无兼味，客席纷陈尽美鲜。
竟夕主人常伴我，诘朝走马尚开筵。
村谣好试江郎笔，率意吟成诗数篇。

肩舆一乘返江城，仆马纷纷出郭迎。
旧案积尘棼待理，新诗盈箧调谁赓。
一旬奔走神方惫，数卷簿书手自清。
回首马鞍山下宅，白云隔断倍关情。

平都山殿

（在梁山县南五十六里，殿内神像纯是石刻，颇形壮丽，今渐倾圮）

四面青山作城郭，平都楼观倚绝壑。
七十二天福地开，居然雉尾接蓬莱。
既无沙弥来顶礼，又无道人荐芳醴。
但见天子座巍峨，五百毳徒伏众魔。
石像庄严耀朱紫，斫磨点缀极其美。
试问何人夺化工，岂是鬼斧兼神功。
般工倕匠炫奇巧，定与乾坤同生老。
岂知建设数十年，风雨摧残景物迁。
摩诃古像莓苔蚀，莲台半壁尘丝黑。

可知神佛本无灵，昔何显赫今凋零。
叹息世人崇木偶，隔江望云拜山斗。
七级浮屠惹绛仙，三千宫阙像壶天。
金身现出兜罗手，众生望见忙稽首。
汉武承露挹金茎，梁武讲经困台城。
祸患及身悔已晚，迷信神权终偃蹇。

东郊行

（自葫芦坝至孙家场，约万县知事张孝陔会同铲烟苗不至。乃由柏家、石家、曲水、分水各场巡视而归）

东方旭日高于屋，拔队入乡铲罂粟。
东从响鼓岭上来，雨雪霏霏满山谷。
五安桥下少人行，我与从者随风逐。
冠盖传呼入布场，召集父老吞声哭。
尔民趋利种洋烟，违犯约章实非福。
我躬忝作为人牧，忍见生灵受荼毒。
愿尔及早事芟夷，勿任轻罹三尺木。
千百村氓听我言，连朝铲尽山为秃。
诘朝复向东郊行，到处市民燃爆竹。
自忖无德及群生，徒受欢迎心实蹙。
但愿毒卉不为殃，奚烦野人来献曝。
比因邻邑著贤劳，折简频邀驾车轴。
孰意旌旗望眼穿（时万令张孝陔约会铲烟苗，殊到彼属境不至），长途裹粮愁未足。

邮亭枯坐朝餐霞，夕照西归才转毂。
泥泞已患马颠踣，昏黑兼防盗潜伏。
河桥野堠趁宵征，戍卒团兵梦未觉。
使君倏至石家场，土饭尘羹留一宿。
明日陈诗欲观风，孰意羽书来一束。
报道当途使者来，催我回车星火速。
草草为民说数言，就中孰喻我心曲。
车声辘辘返梁城，残月濛濛鸡喔喔。

北郊行

荒村天晓鸣鸭鹅，风日融和衣换袷。
出门苦怕腰脚劳，怎奈国事迫我曹。
骀唱深山日当午，露斯场里聚商贾。
不见儿童竹马迎，但见村间爆竹鸣。
团兵执戟迎郊野，村耆鹄立降阶迓。
莫谓行厨兼味稀，山肴野蔌正鲜肥。
席上铺陈珍味巧，到此勉为尝一饱。
明日南行到土门，回头又易几郊原。
父老争看使君面，闲话桑麻忘贵贱。
斜阳西落村民回，二三硕德相追陪。
惭愧我非廉叔度，到来无人歌五袴。
偶因劝农过此间，书生聊复识民艰。
鸟语农歌闻来好，忘却安仁两鬓皓。

公余书愤

（四首）

捧檄于今七月余，寸衷夙夜凛衣袽。
方忧鹄现吴良发，忽报蝇咀孔奋茹。
鸿雁幸无嗷大宅，鸱鸮谁使毁吾庐。
临门大索如群盗，惊起稚孩在睡余。

极目高粱劫数枯，那堪供役累无辜。
诛求不厌狼贪墨，强恶如同虎负隅。
野树风号鹯逐雀，琴堂人去幕栖乌。
烂羊竟使侯关内，部下狂奴尽狗屠。

相怜患难故人情，桑梓维持大义明。
尽有仲连来解难，终教廉颇自输诚。
有容江海能含垢，失性豺狼莫敢撄。
闻道蓉城成战垒（刘罗戴交恶），诉阍无路苦心旌。

求治敢夸黄霸宽，沉疴着手觅医难。
绕枝乌鹊求安宅，出海蛟螭徼怒湍。
西望风云时变幻，东来貔虎更纠桓。
读书岂为鲈鱼脍，烽火催人宦味阑。

因公入虎城乡[1]

（四首）

劝农西入虎城乡，踏遍桑麻一色苍。
不羡河阳花作县，但期比户岁丰穰。

心劳抚字学阳城，每为催科负考成。
政拙何妨署下下，春风百里乐升平。

蜀东文献著高梁，多士如林萃此乡。
民国英才资雨化，公门桃李吐芬芳。

怕看豺狼入市城，远寻沮溺问躬耕。
弹丸愧乏鸣琴治，接浙迁官载石行（时奉令调峨眉）。

注：［1］虎城乡：位于四川省广安市。

赴调峨眉留别梁山士民

（二首）

期年捧檄到高梁，学种潘花树几行。
政在养民敦实业，心如悬镜懔虚堂。
乱余赤手支危局（北军去后，警团枪械全失，后由熊军发还数百枝，多坏不堪用），劫后苍黎返故疆。

愧我辛勤难补拙，一官迁调去河阳。

南浦（梁山古名）秋风一叶舟，飘流宦海莫回头。
思家难觅陶潜宅，祖道频登太白楼。
诗卷开函存蠹简，朝衫何日换羊裘。
锦江花月峨眉雪，能否公余汗漫游（闻峨眉代理知事沈君被散兵迫去，现由驻防军暂派人代理）。

述感

公孙跃马霸川东，几辈攀龙印绾铜。
艳说烂羊封显爵，妄教屠狗管元戎。
袖携岭海新诗卷，归觅严滩旧钓筒。
满地豺狼满目泪，那堪束缚就樊笼。

离情

时公祠畔话离情，百里笙歌欣送行。
琴出故城弹别曲，郊留新稼足群生（临行一路均丰收）。
蜀江宦味鸡余肋，南浦蒸民蚁慕诚。
回首三台数百里，仙源隔断水盈盈。

出梁山道有感

（二首）

父老扳辕泪满巾，愧无棠荫及斯民。
潜行西入嘉陵道，幸乏文犀谤我身（小川北有匪患，故余潜行入成都）。

廿年牛马走风尘，浩劫茫茫剩此身。
有志莫锄当路棘，萑苻到处搅行人。

途中感怀

四十八年穷不死，八千余里远求官。
水由巫峡还家易，路入眉阳陟巘难。
虫臂功名春梦远，蟆颐山色异乡看。
莫辞驿路黄花酒，聊当羊城荔子丹。

宿袁坝驿[1]

板屋人烟密，荒郊驿路晴。停车看月落，倚枕听鸡鸣。
南浦三更梦，梅江万里情。晓行人不识，道是远方氓。

注：［1］袁坝驿：为川蜀一古驿道。

宿大竹城

东西山隔几千重，孤鹤横飞入远空。
客里心情诗当酒，秋来天气雨兼风。
挑灯独坐看花落，倚枕相思有梦通。
肠断金城刚送别，今宵又过石桥东。

夜宿李渡乡

为趁轻车便，长驱入肆场。关门依古岸，驿路照残阳。
向晚人争渡，临眠客思乡。前村鸡唱罢，我梦正黄粱。

渠县道中

（二首）

平明唤渡白云中，一叶舟轻趁晓风。
十里波平双桨快，不劳车马路能通。

雨后萱花遍地开，陌头百合又新栽。
如何物力均饶富，褴褛蒸黎遍草莱。

过蜷洞门

一重云压一重山，山尽云从洞里环。

最上峰峦凌绝顶，乡人如蚁集尘阛。

过虎耳岩有感

（三首）

身在高梁第一峰，四郊多垒独当冲。
从今绝顶乘云去，俯视豺狼入蚁封。

野雾纷纷下大荒，登高一览阵云黄。
蓉城白骨埋荒草，又报东南作战场。

驿路西连万竹丛，孤峰雄峙障西东。
高梁十万家烟火，尽入岩前一望中。

自新市镇[1]至挑灯坝目击穷民甚多

一路蒸黎啖苦荞，那堪重赋又横徭。
安民先要除苛政，谁是咸林小郑侨。

注：［1］新市镇：在四川宜宾屏山县境内。

过大竹东柳桥

一路征鞍未息鞭，岩渠（大竹地名）桥下雨如烟。
欲将此柳移陶宅，怎奈游人别绪牵。

别梁山道见乡间秋收甚佳

（二首）

连年烽火荡无余，几见贫民有絮袽。
今日收成歌大有，欣看比户颂维鱼。

金鼓喧阗赛社忙，家家筵宴庆丰穰。
自知绥辑无长策，犹幸天工降岁康。

至顺庆[1]便谒省长

陶令风流今已矣，何人不为折腰愁。
我家三径无松菊，犹肃衣冠拜督邮。

注：［1］顺庆：四川南充市所辖。

蓬溪道中遇风雨

八月蓬安路，长空日半晴。缘何风乍起，陡觉雨横生。
萧飒游人恨，泥泞远道情。仆夫多懊恼，车盖早停行。

南充道又遇风雨， 宿新场

一路风兼雨，征骖滞异乡。仆嗟泥滑滑，客感鬓苍苍。

道远贫官累，村穷野老忙。鸡声催短梦，匹马又征霜。

出顺庆城仍大风

薄宦孤踪类转蓬，晓行又遇石尤风。
万重云树狂如舞，送我西归入蜀丛。

宿当家铺

（自新场至此行一百一十里）

鸡声茅店月明中，秉烛西行入远丛。
叠嶂迎人奔似马，轻车逐路快如龙。
秋深驿馆风声紧，夜静诗檠烛影红。
客里云山多寄慨，故园蝴蝶梦尝通。

题古庙

（去年由小川北道来梁山，今日复由此上成都，感赋）

鸿雪依稀爪迹遗，宦游忽届及瓜期。
渠江秋水蓬溪月，重照劳人去后思。

不待辽城化鹤还，征鞍犹认旧云山。
去年萧寺无人识，绝句尘封古壁间。

西川行

（由当家铺至大桑墪，一路均遇风，赋此）

西蜀关山跋涉苦，马行经旬由未止。

匝野秋风动地来，遍山草木狂如舞。

风自东吹我北行，侧耳颠狂敢予侮。

山鸟杂巢把树鸣，竹掌劲节头亦俯。

桥边（中有观音桥地名）策马马不前，仆夫竭力气丧沮。

强行数日犹怒号，驿馆车停月未吐。

譬如万马嘶战场，踏阵叱暗鸣强弩。

侧闻西上伏莽犹未消，行将驱车入洞府（红瓦店一带均有劫盗）。

数万军师竭民膏，盗匪横行无力阻。

争权争利杀人盈野复盈城，阙罪滔天不容死。

我由万里来蜀都，敢诩为民作霖雨。

瞥见兵匪如篦梳，想是封姨踞坛助旗鼓。

何日将军自天来，荡平妖雾肃寰宇。

宿观音桥

挥毫日日寄邮程，半榻残灯梦未成。

红粉无缘来一晤，青衫有泪泣孤征。

廿年壮志悲羸马，千里长途上锦城。

荒戍鸡催残月落，侵晨又向板桥行。

宿中江大磜墩　丁巳

寥天风起暮云横，匹马长途晚息征。
鞅掌岂真勤国事，勋名只为出书生。
关山历尽英雄泪，缟纻谁联故旧情。
今夜邯郸侬有梦，莫教枕上又鸡鸣。

蓬溪道中望见野菊甚佳

驿路西行客梦赊，秋深晚节正开花。
奇芳不寄人篱下，到处幽丛可作家。

成都乱后感想　丁巳
（二首）

青磷碧血照愁城，阛阓人稀落日横。
巴蜀熊罴争耀武，滇黔鹅鹳悄无声。
茅檐露处流氓宅，画戟霜严大将营。
怜我一官才小试，归来无处觅嘤鸣。

北陛头衔赐宠光，安疆事业属刘张。
彪雄改计尊操莽，将相同谋协杜房。
鸿鹄各存千里志，鷦鷯难觅一枝藏。

河山一统知何日，锦水重来心更伤。

离愁

锦江堤畔柳萧疏，枨触离情欲裂裾。
往事浮鸥空海国，廿年骡马老征车。
心伤大泽嗷鸿雁，梦入深闺盼鲤鱼。
云栈迢迢归未得，白头莫怨马相如。

次韵答晋尹又侄

飘泊天涯忆故园，竹林话别已三年。
八千驿路通鱼雁，羡尔推敲学象贤（其父亦能诗）。
有志陶朱事竟成，莫教泛骛误青春。
我生苦作风尘吏，悔不阛门早置身。

调署峨眉因军乱未赴任

锦城浩劫已重消，又报西南战地焦。
群丑相争恩莫宥，渠魁若定法难饶。
论功几辈夸韩信，救国何人慕郑侨。
安得蜀中长偃武，峨眉风月举杯邀。

毛君元征[1]以剑客从撰赠答谢

（时余方自成都返梁山）

今岁锦江春无色，蛟龙震荡鱼凫国。

轻车间道返梁城，欲啖莼鲈归未得（时南北交战，水陆不通）。

天涯李杜遇同心，樽酒论文如旧识。

六朝骈体三唐诗，浣薇展读开茅塞。

注：［1］毛元征：字伯时，更字元征，别号剑客。江苏甘泉（今属扬州）人。清末民初的著名文士，柳诒徵作有《毛君元征传》。

除夕

（时余调署峨眉，因军事未平，未赴任，回梁山度岁）

两袖三台岭上云，屠苏又报酒痕醺。

服官我似桃符旧，避匪人如蝼蚁纷（乡人入城避乱）。

柏酒一樽浇块垒，梅江万里望榆枌。

多仪远近承筐赠，清节仍怀赵使君（各绅仍送年礼，辞不受）。

梁山元旦试笔　戊午

年年宦迹滞江湖，椒酒登堂忆故庐。

靖乱禁燃新爆竹，迎春刚换旧桃符。

岁功此日成元始，正朔何年统四隅（南北相争）。
喜有掌珠三颗抱，璇闺人共醉屠苏（梁邑叠生二女）。

生女

作吏期年已代瓜，牧人又报梦维蛇。
伏波矍铄心犹壮，夷甫宁馨望更奢。
匹马归来刚岁暮，翠鸡叠兆惜春华。
来年椒酒当空祝，玉笋庭前早茁芽。

宿万县孙家书房

万山丛叠月明中，粤海征人卧晚风。
梦里忽惊猿鹤啸，明朝马首欲朝东。

万县侨居

（时南北交战，水陆不通，赋此）

（二首）

遥指南归路，长江万里修。孤灯寒夜雨，残月大川流。
琴剑囊中物，功名水上沤。家人共晨夕，剪衲补寒裘。

作宰清如鹤，休官味忆鲈。晓岩登太白，别骑滞巴湖。
击筑愁居蓟，吹箫怕入吴。此行近峡水，荆棘满长途（南北兵均在巴东以下交战）。

避乱黄仙洞

（在巴东之西，离宜昌五十里，又名小峡）

（四首）

南北开兵革，巴东握要冲。烽烟连白帝，野哭遍巫峰。
地僻豺狼据，山高猿鹤空。下民悲落魄，半载莫归农。

羽檄传中夏，摧残到处同。川滇烟尽黑，湘鄂血流红。
船户从军死，商场纵火攻，穷凶逾发逆，当世号英雄。

舟泊南沱下（巴东地），风云入阵中。江声流战伐，山势束英雄。
枭獍屯民户，猿猴入峡峒。凄凉南粤客，魂断楚江枫。

壁立状天烛（山名），嵯峨两峡间。流湍飞万箭，阵马走千山。
少壮避深谷，儿童染疾瘝。我家隐茅厕（交战时余避匿此），乡梦泪潸潸[1]。

注：［1］原文为潸潸，应为潸潸。

翻戏党

（沪上多有此辈，客人被害不少）

猾贼披猖面如鬼，窟穴租界同蛇虺。
川中啯噜粤喽罗，害人无此鬼蜮多。

口藏蜂蜜腹藏剑，舞弄善良蓄罔念。
设言彼处有银河，计诱行客入旋涡。
麻雀扑克翻滩戏，一掷青蚨不知数。
事后空囊赤手归，始知群小怀诈欺。
穷途过客无亲故，遍觅调人需贿赂。
一纸空文诉公堂，若辈早与吏胥商。
吏胥唤作包打听，卵育贼党声相应。
守候周年讼未终，苏裘敝尽阮囊空。
群贼仍然萃渊薮，法外逍遥享富厚。
官署递捕羽檄驰，贼如有神默护持。
签书催促同星火，旅客犹遭翻戏祸。
君不见大江南北宦游人，大富翻成落魄身，
此贼不除社会蠹，繁华世界尽荆榛。

沪滨客感

（二首）

巫峡归来滞沪滨，南邦风鹤又惊人。
长途弱女怜疴重，旅馆乡愁入梦频。
海上繁华成黑幕，道傍奸宄甚黄巾。
可怜世界多风景（大世界、新世界、花世界均是游戏场），莫挈山荆去问津。

征途日月去如梭，屈指申江六度过。
外国风云方息战，神州南北又操戈。

归装万里瓶垒罄，薄宦频年剑珮摩。
尽是群邪藏穴地，几人罹祸入旋涡。

久住申江，忽闻小女平英殇逝

（二首）

申江风雨近重阳，闻报琼葩忽断香。
半载膏肓医罔效，六年抚育爱难忘。
秦嘉远道愁难返，蔡女工才幼早亡。
海上羁留因运蹇，那堪兰蕙更摧伤。

生来最喜啖糖饴，一病伤肝悔莫追。
春好那知兰易萎，岁罡竟令药难医。
故园望断珊瑚树，旅舍愁斟琥珀卮。
太息珠光埋碧草，天涯闻噩客心悲。

移居东兴围

（余居城内六年，戊午自蜀回，乃典屋于东兴围）

（四首）

城市嚣尘不可居，东兴围下买蓬庐。
地依北郿堪招鹤，门向西溪好钓鱼。
负郭恨无三顷地，移家仅有一楼书。
锦江琴剑归来早，补读芸编岁月余。

谢傅心情托山水，吾生何敢步邯郸。
急流勇退怀明哲，乔木思迁获乂安。
只爱幽居堪蠖屈，敢云吉宅是龙蟠。
卅年睡觉黄粱梦，老屋三椽当考槃。

鹤俸频年仅养廉，谋生无事逐鱼盐。
藏书更望儿孙读，持户还须内外兼。
丝竹中年欣入听，庭花暇日惯巡檐。
幽居却比城居好，豺虎无闻梦亦恬。

半生薄宦典兹庐，敢诩今朝赋遂初。
风鹤频惊悲老瘦，云烟已过付空虚。
庭前试种陶潜菊，案上重翻邺架书。
广厦千间吾未得，休教白发老蜗居。

元日试笔　己未

流光如驶欲催人，屈指韶华五十春。
身世百年今过半，风尘卅载岁更新。
锦江宦味余鸡肋，梅岭烟花滞马尘。
家谳满堂椒酒熟，东兴围下度芳辰。

题友人韩蕲王[1]湖上骑驴画

战功屡著霍嫖姚，南渡将军姓字超。

传箭金辽夷胆落，班师天荡羽书遥。
东南半壁悲残局，烟水长湖隐小朝。
报国功勋传史册，骑驴千载仰清标。

注：[1] 韩蕲王：即南宋名将韩世忠。

题潇湘秋望图

自悼安人两鬓斑，结庐人境傍衡山。
潇湘波暖鱼吞月，岳麓秋高雁入关。
泽畔花开沅芷茂，江边人共水鸥闲。
坐看楚树连云碧，无数风光满载还。

湘桥晚眺

日暮鉎牛卧石桥，韩江风浪起秋潮。
凤凰城下烟尘黑，无限伤心听夜刁。

访张巢父[1]不遇

乘兴扶笻访季鹰，春风笑语未亲承。
到门不敢题凡鸟，聊学山阴访旧朋。

注：[1] 张巢父：名张骧，广东梅县人，清贡生。

重游长潭

（三首）

匹马惊心蜀道还，梦魂犹恋旧江山。
高台翠黛长潭月，重照劳人两鬓斑。

踏遍巫山十二峰，归来五岳懒扶筇。
蓉帏忽作樵渔兴，恍入夔门小峡中。

嵌空奇石出林梢，老妪扶孙伴寂寥（潭上石有似老妪背孙状）。
潭水月明三万丈，至今流不尽银涛。

登高台山有感

蕉阳八景此其一，南北孤峰对峙雄。
世局如斯心更悄（时南北交战），移山无术问愚公。

蕉岭书怀

（二首）

曾继文翁到蜀都，归来无计慰莼鲈。
一行作吏羞冯妇，三尺临民效董狐。
但愿平衡师定国（时办司法事），勿将炙輠学淳于。

借筹前席刚周月，张晏声名达四衢。

山川从古重岩疆，民智开通俗渐良。
刀笔工文风俗陋，鼠牙好讼吏胥忙。
摇钱下树防衙蠹，撞木鸣钟代牧羊。
一片心肠如铁石，狐狸安问效张网。

思归

高隐山阴效季真，那堪案牍又劳神。
杜陵肯久依严武，张翰翻然忆贺循。
仕宦烟云留倦眼，沧江风月促吟身。
临渊空羡鱼腾跃，不若归为结网人。

题山水画

南北山川远近殊，大江风浪接平湖。
帆飞天际随潮涌，日暮征人盍返乎。

赠曾仲宣[1]

（三首）

书生学道宰蕉阳，四月观成报最良。
让畔纵无西伯教，无冤窃效释之长。
岁凶筹饷谋平粜，敬胜临民毋怠荒。

莫怅宦囊太萧索，仲山饮马姓名香。

班生投笔历戎行，挽粟飞刍转运忙。
羊石当年佐卫霍，龟浆此日学龚黄。
羡君甘泽留棠树，愧我随人作嫁裳。
莲幕勾留经两月，秋风鲈鲙客思乡。

与君年谊两相忘，偶值公余逸兴狂。
石窟图书同讨论，长潭风月共徜徉。
蕉阳蚕绩欣成茧，丰邑牛刀又试芒。
琴出故城弹别曲，同人跨马出河梁。

注：［1］曾仲宣：广东梅县西厢堡曾龙岃人，清末在新军中加入同盟会，与胡汉民等交谊甚厚。民国间，历任大埔县、丰顺县、蕉岭县知事。

为逸农兄题画四幅

牡丹花

群花队里独称王，京洛同推第一香。
岂媚东皇才富贵，更从南国占芬芳。
沉香亭畔谪仙赋，碧玉楼前西子妆。
名士美人欣斗艳，须妨马蹴共含伤。

白芙蓉

锦官城下白如银，雪魄冰肌坐玉茵。
江上秋风儒士泪，霜中寒菊弟兄亲。
冰清不怕淤泥染，日出还同荇藻新。
洗尽铅华脂粉气，不同凡品入红尘。

黄白菊

采得东篱一段香，珊珊仙骨傲严霜。
秋心杂入寒兼瘦，粉本描来白间黄。
秋至西风吹玉面，时非蜡月现梅妆。
一花一貌颜容异，留与渊明费品量。

紫荆花

细叶斜铺薜荔墙，蔓延遮遍满庭芳。
柔藤屈曲凭高树，曳锦萦缠护草堂。
状类苍蝇时附骥，须如白虎欲张芒。
物犹如此情何已，碌碌因人只自伤。

步张巢父愿丰楼兰开并蒂原韵

（四首）

仕宦烟云慨蜃楼，遐心空谷复何求。
苔岑并托灵根固，臭味相投入室幽。
同调偶弹湘渚瑟，寻芳不隔渭滨钩。
高风未减山阴兴，觞咏群贤禊事修。

偶然结伴集芳池，合咏循陔补国诗。
怜我素心常独抱，爱君青眼定双垂。
栽培想见天工厚，配耦非关地力为。
南北争荣枝干析，何如骈蕊影相随。

洛浦双妃出绛宵，临风微步画难描。
鸟因比翼凌云健，木为连枝向日翘。
沅岸风骚怀屈宋，幔亭仙客降松乔。
谢庭珍重勤培植，他日功名并辔镳。

归舟万里寄烟霞（张君先德有《万里归舟图》，人多属和），
静挹幽香独自夸。
芳友同心（兰名芳友）联伯仲，美人纤手认交丫。
余情合共鸳鸯梦，其臭还添姊妹花。
更望双岐呈瑞麦，愿丰楼上即浮家（唐张志和浮家泛宅）。

赠陈竞公[1]　己未

（在漳州作）

（六首）

崔浩胸藏百万兵，出师北伐气纵横。
星分牛斗开天阵，水绕漳汀匝地营。
天宝峰头弓挂月，锦江堤畔柳迎旌。
关山本是男儿事，身带吴钩岁九更（忆公起义循州，距今九年矣，李贺诗云：“男儿何不带吴钩，收取关山五十州。”可谓有志竟成）。

武略文谟两擅长，韬钤挞伐媲姜黄。
猿归鸟道惊风鹤，骑绕羊肠逐虎狼。
铁甲斩关冲毒雾，檄书磨盾草戎行。
三闽眼望平成绩，节钺西来信有光。

西江洗马水澄清，十万田畴一望平。
司市权衡通道路，遂人沟洫利民生。
麦花香绕丹霞驿，桑荫青连石马城。
此日农歌遍荒徼，四郊桴鼓靖无声。

军中尽日理棼丝，虎帐宵寒案牍披。
法立终当移悍俗，兵多恰似抚骄儿。
盖藏委积资筹画，文武储才受指麾。

共羡边城同铁瓮，总戎决策协机宜。

政教开通过紫阳，中州重见鲁灵光。
海滨风俗游邹鲁，比户歌声入稻粱。
郡县图书同讨论，公园花鸟共徜徉。
柳营旭日芸窗月，遥隔光阴十二霜（忆与公就学法政，距今十二年矣）。

双溪奉檄（指饶平）莅帲幪，曾洛恩波海样空。
学制未能偏作吏，怜才如此敢忘公。
泰峰更望兴霖雨，细草仍思被惠风。
惭愧此来无以献，巴人一曲寄邮筒。

注：［1］陈竞公：即陈炯明，字竞存，广东汕尾海丰县人。清末民国著名政治人物。

漳州道署新历度岁

南洲兵靖角声闲，报道周正令甲颁。
黄历早传新日月，春风不改旧河山。
星球朗照元戎府，金鼓声阗列肆间。
隔院紫阳敷治地，搏龙歌吹壮荆蛮（旧府署朱子所建，连日楚南兵士舞龙奏乐，甚形喧闹）。
故乡亲友滞江湖，今夕琼筵聚首娱（署中幕友半同乡）。
官舍争燃新炮竹，比闾犹插旧桃符。

公园火树连天艳，戎服笙歌夹道呼。
我不贺年礼意简，主人情重劝屠苏。

杨穆吾[1]先生七旬余双寿

（三首）

鲁殿灵光峙岭东，明经学业迈芹宫。
慈闱养志贤如闵，绛帐传经乐比融。
座拥图书窥左氏，奇搜字义识扬雄。
鳣堂吉庆儿孙集，手捧霞觞祝望风。

嗣君朔漠著英声，廉范参军伟略成。
躬率貔貅来祝岱，手持羔酒劳称觥。
东王西母云霞现，犀角龙文画锦荣。
幸遇干戈成玉帛，天南天北颂长生（时伊子少穆在京祝寿）。

好善施贫置义田，范公忧世独居先。
传家孝友怀张仲，著述宏通绍太玄。
正直允堪维末俗，洁清岂为戒贪泉。
他年莱彩归来后，再咏南山父母篇。

注：［1］杨穆吾：即杨恭桓，嘉应州（今广东梅县）攀桂坊人，著有《客话本字》《韵学汇要》。

魏炯球[1] 母六旬寿

（为友人作）

（四首）

闻道熙宁博士家，毕公世族肃清华。
登龙骏望门楣耀（伊母姓李），钜鹿名姜福禄遐。
四代华堂谋翼燕，六旬寿母鬓毛鸦。
瑶池竞献麻姑酒，为祝灵萱一树花。

当年别鹄正青春，节操坚贞比竹筠。
姑舅桑榆留暮景，女儿襁褓系孤身。
凄风苦雨吹昏晓，画荻和丸励苦辛。
天为幽芳彰阃范，遐龄偏属守贞人。

嗣君功绩勒燕然，为报春晖祝万千。
眼看儿孙娴将略，身经霜雪历华年。
潘舆养志乌私遂，韦幔闻经狄训传。
嗟我十三龄失恃，谓他人母拜堂前。

女流中有此须眉，史笔争题黄绢词。
葭管阳回开寿宇，柏舟义重纪风诗。
名传紫府标旌节，天锡徽章降玉墀。
令子原来班定远，他年大业慰鸿慈。

注：［1］魏炯球：同盟会成员，曾参加黄花岗起义。

杨穆吾先生双寿　庚申[1]

（为友人作）

（三首）

筵开画锦共腾欢，堂上椿萱笑眼看。
东阁延宾天欲雪，西风入座酒消寒。
小斋会食隆曾养，纱幔传经勖柳丸。
南国双星齐照耀，天涯祝嘏寸心丹。

青缃世业授儿孙，鲁殿灵光道义尊。
周急乡邻呼子敬，论交宾主慕陈蕃。
老彭好古臻高寿，杜预专经聚一门。
听说仙筹添海屋，锦屏齐祝集词园。

鼙鼓连年震故乡，燕城风靖恰称觞。
霓裳宴醉千龄酒，画戟安排满院香。
远望云霞拥西母，竟将篇什献东王。
荣华消受长春国，五岭以南信有光。

注：［1］庚申：1920 年。

赠吴幼初[1]

（四首）

久爇延陵一瓣香，丹霞曾仰鲁灵光。
东江教泽留人口，南胜勋名列剡章（先生前充漳汀道署总务科，学绩尤著，嗣宰平和，亦有政声）。
百里新猷歌父母，一官小试学龚黄。
闽强琴鹤归来日，依旧铜符握故乡。

民生凋瘵意凄然，绥辑哀鸿政贵先。
考绩何妨居下等，读书安有忝前贤。
貔貅过境劳供亿，赋役宽时卸仔肩。
君是荀陈非巧宦，更无得失计心田。

治平勋业绍河南，风俗民情夙所谙。
父老莫能回寇驾，宰官空自现优昙。
使君膏泽如人意，儒吏风流食肉惭。
琴入蕉阳成别调，渭城忍听唱何戡。

记得霞漳聚首时，每逢高会酒盈卮。
交情忽向南洲别，归思初从粤海驰。
株守乡关劳聘问，车悬里第足栖迟（南北纷争，计惟有杜门藏拙）。
安排七尺陈蕃榻，日待徐稚叙旧知。

注：[1] 吴幼初：即吴凤声，黄荐鹗法政学堂同窗，曾助力刊印《适可庐诗集》，并作序。该诗曾由黄荐鹗书成四条幅，刊印于诗集前页，为黄荐鹗唯一存世之墨宝。

送林石庵

（四首）

父老喁喁望治平，梅江恰遇使君清。
寇恂莫慰斯民借，忍听何戡唱渭城。

良吏精神石补天，关心教养意肫然。
慈云方怨来何暮，凫舄翩翩又别迁。

西南同室启操戈，调护多方靖鹳鹜。
只为苍生同患难，半年挡积付流波（滇军退时，闻林君受损失）。

蜀道归来已二年，灰心懒赋徂征篇。
非公不至言游室，愧乏澹台辅治贤。

白话文

杜若芳洲藻饰工，汗牛充栋嗤雷同。
从今记载归真实，一洗浮华欺世风。

鹏湖[1] 杂咏八首 辛酉[2]

（余监督选举居丰顺三月）

净水远钟

何处飞来远寺钟，无人诗入碧沙笼。
鹏湖志乘皆荒诞，傅会齐东语不衷。

注：［1］丰顺县旧称“鹏湖”。

［2］辛酉：1921 年。

蓝田书庄

岭上先贤墨迹亡，我来何处访书庄（庄为宋邑人郑国翰读书处，在飞泉岭。朱夫子书有“落汉鸣泉”四字，并题有绝句，今灭，庄亦废矣）。
而今宋学无人问，怕听泉声咽紫阳。

揭岭飞泉

（原属揭阳境，今割归丰顺）

千仞苕荛气象尊，秦皇戍守至今存。
豺狼扫穴军声息，飞瀑犹如万马奔。

蓝田钓台

（邑人罗红隐居处）

欲问龙溪隐士居，嵯峨丛石瞰清渠。

輶轩不死当征辟（红少游庠，为督学陈钦所器，欲荐之。会陈卒，遂奉母家居，不求仕进），邑令何由访草庐。

出米岩

（县志云岩有小穴，日出米少许，可供一人馔。后寺僧贪多，凿之遂绝）

妖言惑众出头陀，野史稗官附会多。

蛇斗石言非纪实，宣尼不语信无讹。

关上岭

百二秦关据上游，丸泥无路入苍头。

岩疆险要沧桑易，无事将军费荩筹。

少师府

（吴六奇祠）

胜国英雄久不起，谁为梓里作干城。
彤弓卢矢今安在，剩有堂悬师傅名。

温泉

丰城西北数十武，下有温泉三四五。
终古长沸暖气蒸，来往乡人频汲取。
老幼盥濯莫之禁，祓除灾祲清可泌。
我闻斯邑温泉有九所，惟有汤田堪浴煮。
此外蓝田神炊亦可珍，村人日夕浣纱苎。
余皆僻处山谷间，道路阻长跋涉苦。
汲取维艰等废泉，天生地利终何补，物以适用为可贵。
近市小民赖其利，天寒不火犹自煎。
挹彼注兹节縻费，湫隘嚣尘不可居。惟兹利便差足慰。
我爱此温泉，长流清且涟。寒暑不更易，作用实天然。我借此温泉，溪涨不成烟。
犹难中膳饮，徒劳入市廛。宇宙全才实罕觏，得其一端功立奏。
因物付物其利用无穷期，斯泉千古亦可寿。

赠雷州司令黄莫京[1]　壬戌

将军到此为斯民，德媲陈公（唐陈文玉）治若神。
恢复主权枭尽灭，奠安民族雉犹驯。
三雷铜柱征南捷，万姓壶浆夹道亲。
吾辈亦曾分樾荫，公庭人静乐熙春。

注：［1］黄莫京：即黄强，龙川县附城镇人，抗日名将，著有《黄莫京将军自述》。

雷州西湖苏公亭

（苏子瞻谪琼州别驾，与其弟子由在海康酬唱一月，后人为之建亭）

（二首）

退食余闲日已中，西行览胜爪留鸿。
天涯笠屐怀坡老，亭畔甘棠忆谢公。
春水初生湖尚浅，东风既降草成葱。
海邦扫穴蛟螭靖，到此怡然学醉翁。

古人可作语非欺，我到西湖一见之。
天下何人非轼辙，世间无处不轩羲。
昔贤偶尔留高躅，邑令居然筑去思。
海国寓公多李杜，何曾让美长公诗。

雷祖庙

（府志：唐邑人陈文玉公开辟雷州，有德政，后裔昌盛，建庙于城南）

雷阳城外日西沉，铜鼓铮铮送远音（庙内有大铜鼓三个，相传是飞来物，不可信）。
威震苗瑶群俯首，声闻海岛尽归心。
此邦人杰推先觉，末世豪雄亦下忱。
千载庙门松柏古，至今人尚憩棠阴。

西湖纪事

（吾国地以西湖名者，不下三十余处。其传者，必有幽壑、宫室、台榭之美，兼有前世高人、逸士留韵事以纪其盛。雷州有西湖，闻于海北，然荐绅先生南游过此，若不知有是湖也者。毋亦官斯土者，未尝极意点缀，而骚人迁客，亦少韵事可纪欤。予闻斯湖，从前方广数顷，南接平畴，东溉洋田。今到淤塞为田，非复昔时之大观矣！黄君莫京驻军于此，将湖亭葺而新之，更筑花园于湖傍，顿使海国山川豁然开朗。他日斯湖盛名于世，亦未可知，吾辈不可无诗）

古今世物有代谢，宇宙山河有变化。
挽回川岳在人为，曲江文献尽人知。
雷阳向有西湖景，海内骚人少过骋。
夕阳西下听樵歌，岭海湖山埋没多。
我来湖水凝烟碧，古堤绿竹环幽僻。
临流蹀足诧荒郊，有人对我说前朝。

众乐亭边湖水阔，膏腴万顷洋田活。

岁久湖湮白石磷，近湖原隰化龙鳞。

元明郡牧重开辟，万姓桑麻沾润泽。

弹指匆匆五百春，鸥波狎泳更无人（湖初名狎鸥，更名泳波，不一）

惠济溪桥堆瓦砾，圆通佛寺丛荆棘。

尔后邦人颂甘棠，谢公桃树满河阳。

无何亭宇都零落，苏子姓名传棣萼。

驹光倏忽廿余年，沧桑感慨遍人间。

但嗟古径苍苔塞，莫问长桥遗闸在。

将军到此欢复悲，欲将赑肩把山移。

慨然独出青蚨助，回首江山景物异。

旧日萧条今焕然，邦人携手啸湖天。

林园张网罗飞雀，石磴横琴招野鹤。

一时裙屐快招邀，载酒经过暮复朝。

报道四郊桴鼓靖，士卒亦来访箕颍。

横戈讲艺坐苔阶，驻笏看山傍石崖。

举目湖山不似昔，旋转乾坤恃人力。

凿石筑土民忘劳，海疆增色功孰高。

此日湖山幸有主，将军姓字留千古。

自海康到徐闻道中作

落日双溪照炮台，扁舟直指海安来。

新寮村畔风多阻，淡水洋边浪不开。

四日波涛征客泪，长途荆棘庶民哀。
欲知踏磊城何在，负担乡人入市回。

到徐闻县

百雉边城矗海洲，牛车列轨达荒陬。
茅檐万屋连墟市，溪水廿条接港流。
递角场前吊迁客（坡公到此），观涛岭下景前修。
岩疆浪静民安堵，犹有乡人抱杞忧（时匪风又起）。

徐闻公廨书事

满县桃开廨宇新（县署为友人吴韵松新筑），宰官身是故乡人。
荆榛斩尽豺狼窟，花木栽移海国春。
远客共忘于役苦，当途备历作官辛。
海隅僻处频年劫，抚恤疮痍也费神。

赠吴韵松[1]

与君负笈到仙羊，屈指风流十六霜。
曾见凤城称召杜，又闻杏磊颂龚黄。
赵公清节传琴鹤，召伯甘棠荫梓桑。
人到中年哀乐备，东山丝竹韵悠扬。

注：[1] 吴韵松：广东梅县人。

晚发徐闻

海邦风靖角无声，报道潢池又弄兵。
守土有人持北鑰，戒途孤客又南行。
麦花香送麻罗地，蔗荫青归杏磊城。
风雨直趋海安渡，石门回首暮云横。

舟泊外罗遇风

东北罡风夜啸时，鱼龙到处舞冯夷。
经旬跋涉波涛阻，匝地烽烟羽檄驰。
两岸惊沙纷扑面，一帆骤雨湿沾襦。
停棹泽国周三日，又报红霞海角移（徐地西北海角霞红，即有飓风）。

宿外罗

怅望天涯客路遥，却逢知己慰良宵。
波涛满目愁澎湃，风雨谈心破寂寥。
海国南旋惟百里，穷途东道苦连朝。
迢迢画角雷阳急，杜甫听来魂欲销。

归途五日阻风

来时怨风起东南，归时怨风起东北。
来归箕伯两无情，愁煞锦囊城下客。

连日风雨不止

角海天低冷气侵，凄凉蔀屋憾难禁。
飓风夜吼惊天地，急雨晨来翳树林。
港外诸帆愁水啸，天涯孤客和潮吟。
可怜三百家民族，茅舍呼穷泪满襟。

雷祖庙题壁

独客哀吟斫地歌，天南风浪阻麻罗。
刚闻海国销烽燧，又见雷阳起鹳鹅。
举目漫惊无故旧，托身犹幸有行窝。
一声霹雳轰雷震，劈断狂潮返鲁戈。

天后宫题壁

五日停桡宿外罗，长风万里荡鲸波。
愁人媚佛非荒诞，造物怜才竟折磨。
浩渺众生迷苦海，庄严神女雨曼陀。
雷阳西隔百余里，何日慈航渡内河。

附 录

闲忙诗集序

吾闻“大乐之起，与天地同和。风诗之兴，由美刺[①]而作。”是以诗人之心，原贵动与造物游，静与古人会。苟得其性情之正，则言者无心，闻者足戒。若徒工獭祭，言不由衷，虽日事虫吟，旨归终昧。

吾家质宾兄，幼本聪明，长尤练达。考其生平，名虽列于胶庠，而不入政界，身虽处于乱世，而不效党争。家号素封，绝少纨绔之习。性本刚直，全无畸异之行。故其为诗也，寄情于山川花鸟之间，而神与物化。着眼在富贵功名而外，而静与天游。有时托兴登临，学嵇康之歌啸。有时骋怀风月，师杜牧之清狂。要皆自鸣其天，托物以咏，无烦骋妍抽秘之劳，自合雅正颂容之旨。所恨屈宋才华、颜闵行谊，才过知命之年，遽赴修文之召。虽在行道，尤为惋惜。矧在族好，能勿怆怀。惟是门多哲嗣，传书已得其人，箧有遗文，写纸已誊。其值荒荒春梦都为留痕，莽莽秋坟无劳自唱。传箧中之集，定逢元结知音。定白傅之诗，不待庐山副本。此则兄之学业可以藏之名山，传之其人也。仆也解组归来，书翻邺架，下帷讽诵。才尽江郎，蒙编玉壶之诗，勉效徐陵之序。

民国八年己未夏月，梅城黄荐鹗叙于桂里之适可庐

① 美刺：是中国古代关于诗歌社会功能的一种说法。“美”即歌颂，“刺”即讽刺。

黄荐鹗年谱简编

黄荐鹗，字继衡，谱名遵荣，清末民初嘉应州（今梅县）城东下市攀桂坊人士，有《适可庐诗集》存世。

公元1871年（同治十年），1岁（辛未）。据推算，在年内出生于攀桂坊静居堂祖居正堂左侧正向。

公元1874年（同治十三年），4岁（甲戌）。

日本开始武装侵略台湾。

公元1875年（光绪元年），5岁（乙亥）。

慈禧太后拥立光绪，垂帘听政。

公元1883年（光绪九年），13岁（癸未）。

慈母死于贫病交迫。有诗“胡儿十三龄，母遽溘然逝”为证。

公元1892年（光绪十八年），22岁（壬辰）。

赋闲在家，作《铁楼怀古》等诗作，抒发个人情感。该年大雪，作《大雪行》，诗引言称“大雪满地，为历年所未有”。

公元1893年（光绪十九年），23岁（癸巳）。

赋闲在家，作诗抒发自己怀才不遇之感。作《抽茧吟》深情记录贫苦童年，早年失恃的生活情景。闲时外游，作《游百花洲》等诗，描写梅州城旧日风物。

公元 1894 年（光绪廿年），24 岁（甲午）。

中日甲午战争爆发。

获兵败消息，作诗《哀辽东》《哭海军》等共九篇以示激愤之情。又作诗歌，描写家乡攀桂坊一带的人文风貌，如东山书院、周溪河等。

公元 1895 年（光绪廿一年），25 岁（乙未）。

中日签订“马关条约”，中国割让台湾、辽东半岛给日本，赔款二亿两白银。

闲居读史，作有《读通鉴论》。

公元 1896 年（光绪廿二年），26 岁（丙申）。

闲居读书怀古，伤时感慨。

公元 1897 年（光绪廿三年），27 岁（丁酉）。

德国占夺山东胶州湾（青岛）。

作《述怀》《屈平》等，抒发情怀。

公元 1898 年（光绪廿四年），28 岁（戊戌）。

戊戌政变爆发，六君子遇难，康梁外逃日本，同宗黄遵宪被逐回家。

作《哀党人》《哭六君子》等表示同情变法人士。又作《剖豆歌》，对国家被列强瓜分表达了强烈的愤慨之情。

该年，张百熙担任广东学政，视察嘉应并主持岁试，与黄荐鹗相识。黄荐鹗参加岁考成绩第一名，中秀才。同时嘉应州考中的士子尚有杨惟徽、张资度、张耀南、李均等。张百熙回广州时，黄荐鹗赋诗送别。

公元1899年（光绪廿五年），29岁（己亥）。

知州关广槐回省城，赋诗送别。

公元1900年（光绪廿六年），30岁（庚子）。

八国联军入京，慈禧太后西逃，主权丧失，义和团蜂起。

作者赋诗《痛吾国主权之丧失》等，感慨国家命运多舛。作《梅州州咏古（十三首）》，描写家乡风物。作《火车》《电灯》《时辰镖》等歌咏新事物的诗作。

公元1901年（光绪廿七年），31岁（辛丑）。

庚子之变，清政府与八国联军议和赔款。

该年，经韩江而下，经汕头赴广州。期间，夜泊韩江，达广州后，游海幢寺。

公元1902年（光绪廿八年），32岁（壬寅）。

公元1903年（光绪廿九年），33岁（癸卯）。

赴广州应乡试，夜宿丙村市，作《晚宿丙市》等诗。又谒韩文公祠。达广州，适逢七夕，作《羊城七夕》。

公元1904年（光绪卅年），34岁（甲辰）。

日俄战争爆发。日攻大连、辽东，国人遭殃。

公元1906年（光绪卅二年），36岁（丙午）。

时科举已废，获荐进入广州法政学堂就读，作《羊城就学》；毕业后在法政学堂就业。在此期间，结识同窗陈炯明。

公元1907年（光绪卅三年），37岁（丁未）。

赴南洋新加坡等地，作《南洋行》《过七洲洋》等。

公元1908年（光绪卅四年），38岁（戊申）。

慈禧、光绪先后辞世。醇亲王摄政。

从广州往电白临时任司选员，过江门，作《到江门作歌》。长子考祥从广州赴越南经商，作《送儿自粤往安南》；在电白，作者遍览当地名胜古迹，赋诗多首。

是年，父亲去世。

公元1909年（宣统元年），39岁（己酉）。

时作者已在广州三年，于法政学堂毕业已久，以职员分发广东候补以待用。作《待用》《粤垣客寓》等表示郁闷之情。重游电白名胜古迹，并赋诗多首。并参观电白高等小学，赞同新学。

公元1910年（宣统二年），40岁（庚戌）。

日本侵灭（吞并）朝鲜。

赴香港，游太平山。客寓广州三年，郁郁不得志。返梅城老家，途经汕头，遇大风，作《返汕头遇风》；又经梅县丙村，留有诗作。在松口寄居警察区署，遇友人曾寿山，以“三年莲幕困风尘”道尽自己三年艰辛的经历。《思昔》中“半生苦下仲舒帷，曾摘芹香一枝”，可证“弱冠后以文鸣庠序之间”不谬。《续弦》“重圆空境辉妆阁，照见萧郎两鬓霜”之句，应是在次子豪祥、长孙永安同年出生之后。据传闻，疑嫌前妻不贞，休其前妻。

公元1911年（宣统三年），41岁（辛亥）。

武昌首义成功，全国响应。月余后，嘉应州城光复。

作《光复闻爆竹声感赋》。

该年，广东“和平光复”，广州军政府成立，陈炯明被选为副都督，后为代理都督。

因同窗之谊而受陈炯明重用，受命前往海陆丰处理“乌红旗械斗”事件，一路见闻，作诗多首，或感慨时艰，或凭吊古人。

公元1912年（民国元年），42岁（壬子）。

孙中山在南京设临时政府，宣告中华民国成立。“清廷宣告退位”，移都北京，袁世凯任临时大总统。

在海丰过除夕，作《海丰县署度岁》。元宵期间与友人一起观灯，作《上元海丰观灯次友人原韵》。同年，海陆丰公务处理完毕，从汕尾回香港，在香港听闻女儿玉英夭折，儿子患病。

时广州发生王和顺兵变，作《羊城兵变》。同年，重游珠江，作《珠江客感》，感叹自己的人生。另外，又闻儿子病愈，大悦。

受命前往饶平当县令。今《饶平县志》载有“黄荐鹗为民国首任县知事”，可证。即将赴任之时，在珠江望月，踌躇满志。随后前往饶平，遇风雨，夜宿饶平井洲，然后来到黄冈受任县令。在饶平期间，参观黄冈瑞光学堂，遍览当地名胜古迹，并留下诗篇。

公元1913年（民国二年），43岁（癸丑）。

中华民国北京政府正式成立，袁世凯任总统。

在饶平任县令期间，体察民间疾苦。《巡乡杂咏》描绘了勤政爱民之情景；作《新衙蠹》，揭露衙役禁用后，县兵的腐败贪黩。当年，结束在饶平的任职，作《留别饶平士民》。瑞光学校校长庄敬斋作诗送别，诗人作《步庄敬斋送行诗原韵》。

公元1914年（民国三年），44岁（甲寅）。

第一次世界大战爆发。

盛夏，过鮀江，天气炎热，作《鮀江旅寓暑气蒸人》。

公元1915年（民国四年），45岁（乙卯）。

经上海，往天津。在上海期间游黄浦江，游张园。在天津期间，游山玩水，纵情诗歌。然后过大沽口，最后到达北京，除游览名胜外，还遭遇沙尘暴，“黄尘蔽天”。在北京逗留数日后，又回到上海，并将赴四川任职。

当时，梅州有四人被分配到四川任职。一路经南京、江西九江，抵达汉阳，登上黄鹤楼、武昌城。也在此见到心松，有诗歌唱和。然后经宜昌，沿江上溯西行前往四川，途经白帝城，自重庆入成都。诗人沿途游览祖国万里河山，忧国忧民，感悟良多。

公元1916年（民国五年），46岁（丙辰）。

该年四月，袁世凯称帝盗国。云南蔡锷率护国军起义，川南滇军起义。

初就职警备总司令部，寓居成都。闻叙永一带居民惨遭涂炭，作《川南行》。在蜀期间，目睹黎民之疾苦，作《蜀中悯乱》。受命前往梁山，作《之任梁山》。在赴任路途中，翻山越岭，所见所闻，皆入于诗。

公元1917年（民国六年），47岁（丁巳）。

任职梁山。其诗作内容尽皆巡山剿匪，除盗安民，课劝农桑，排忧解难，与民同乐。同时，还包括当地风物的记载。任梁山县令不久又离任，被调往峨眉。上任途中，每经一地，均有诗作。到四川南充顺庆时，谒见省长。一路行走，旅途艰辛。后来，因军乱又未能赴任。然后又回到梁山，并在此过年，作《除夕》。

公元 1918 年（民国七年），48 岁（戊午）。

第一次世界大战结束。巴黎和会召开。

正月初一，迎接新年。感慨去岁。国家军阀混战，南北相争；家庭则“梁邑叠生二女”。该年始返乡。经万县，沿长江而下，旅途困顿，达上海时，幼女平英因病殇逝。回到家乡梅县，典屋于城内东兴围居住。

（黄童注：东兴围黎屋仅住一年多，即被屋主赎典，后又典住城东梅子树下黄屋当铺，是为适可庐。余在下市静居堂祖居出生后，于 1920 年搬至适可庐，与继祖母林氏、小姑省云一起居住。余与父母在此共同生活多年，后随父母外出谋生，先后在新会、阳春、连平、龙门等地生活，并读小学、中学。1944 年夏，龙门沦陷，星夜逃难返梅。后余考上梅州师范普师科，1947 年毕业，开始教学生涯，当过“人民公仆孺子牛”，随即搬离适可庐。）

公元 1919 年（民国八年），49 岁（己未）。

“五四”新文化运动，北京大学游行示威，高举“民主”“科学”大旗。

正月初一，此时已年过半百，作《元日试笔》，感慨人生。闲居家东兴围期间，与友人吟诗唱和，纵情山水。该年，浏览蕉岭长潭、高台庵等名胜。

1917 年，张勋复辟失败，段祺瑞毁弃约法，孙中山南下广州护法，并被举为海陆军大元帅。11 月 10 日，在梧州军事会议上决定陈炯明出任援闽粤军总司令，粤军由原警卫军 20 营组成。1918 年 4 月起，陈炯明兵分三路向闽进攻，经百余战，始于 9 月 1 日进占漳州，并建立直辖闽西南 27 个县的闽南护法区（早称福建护法区）。该年，到漳州见陈炯明，并作《赠陈竞公》，并在漳州度过了阳历新年。

公元1920年（民国九年），50岁（庚申）。

与吴幼初交往，作《赠吴幼初》。同年，因广东实行地方自治，前往丰顺监督选举，居三月，作《鹏湖杂咏》八首，展示丰顺的历史名胜。

公元1921年（民国十年），51岁（辛酉）。

中国共产党成立。

该年，往雷州。见雷州司令黄莫京（即黄强），遍游雷州名胜古迹。再游历海康、徐闻等地。法政学堂同窗吴韵松，时任徐闻县宰，因此之故，任黄存鹗为海康法庭检察长，回归法政。

期间，作《雷祖庙题壁》《天后宫题壁》。两首题壁，竟成绝笔之作。

该年，南洋商界巨子吴子安去世，为其作挽联：

廿年前觌面因缘知公商学兼优继轨白朱原预卜，

六秩后归身华表适我风尘相值同舟郭李尚如生。

并附："余于廿年前识公一面，知其由学而商，器识宏远。后闻伊南洋商业日增，规模扩大，不见既十余年矣。迩因途次香江，适令诸郎扶榇回里，同舟相值，生死均有一面之缘，仓卒途中书以志感。"

公元1922年（民国十一年），52岁（壬戌）。

因孤身独处，体胖三高，无亲人照顾，加之不适应风浪水土，染病在身，回省治疗。在越秀山下，见同乡老友廖道传。不久，"以疾卒官邸"。

后 记

位于广东嘉应州（今梅州）城东厢的攀桂坊，有着深厚的人文底蕴。自明清以来，这个社区先后涌现了3位翰林、17名进士、91位举人，是梅州“人文秀区”的典型代表。直至清末，攀桂坊文风依然兴盛，出现了诸多文人墨客，有诗集传世者甚夥，黄荐鹗就是其中的一位诗人。

黄荐鹗，生于同治十年（1871），卒于民国十一年（1922），与近代名人黄遵宪同宗。光绪二十四年（1898）中秀才，毕业于广东法政学堂。历任广东饶平县县长、四川梁山县县长。他身后留有大量诗作，后经其子整理出版，名曰《适可庐诗集》。该诗集共计500余首诗，内容包罗万象。这里主要从历史学的角度，谈谈该诗集的价值。

时下，眼光向下成为历史研究的一个新趋势，普通人的生活与历史，备受关注。诗人黄荐鹗经历了甲午中日战争、戊戌变法、晚清“新政”、辛亥革命、民国军阀混战等重大历史事件。在宏大历史叙事中，我们对这些事件及其相关的精英人物都非常熟知。但普通士子的经历与遭遇却被淹没在宏大历史之中，难以被人发现。而这本诗集所记载的内容，为我们提供了这样一个观察的窗口。

同时，该诗集中有大量描述地方历史与风貌之作。随着时代沧海桑田的变化，有些地方风貌已经消失，有的仍存历史遗迹。该诗集相关描写，可以印证某些历史记录。这为挖掘地方历史文化，提供了一个非常好的文本参考与佐证。因此，仅从这两方面讲，该诗集是有史料价值的。

诗集作者黄荐鹗之孙黄童，是一位资深的教育工作者，对于攀桂坊的历史非常熟悉，现已年逾八旬。他从小便在其祖父的“适可庐”中生活，对祖父的事功与诗文有着深厚的感情。多年来，攀桂坊一直是我们研究客家历史文化所关注的一个重要社区。在与黄童先生的交往过程中，我们得知他非常希望将《适可庐诗集》校注整理出版，同时也深感这份文献之稀少与价值所在，于是便欣然接受了整理这部诗集的工作。我们从广东省中山图书馆将诗集原件拍摄回来，然后请嘉应学院的冯静文、陈璇同学将原诗誊录打印，对她们的辛勤劳动，谨在此表示感谢。我们分工合作，在工作之余抽出时间，对书稿进行整理校注。刘奕宏先生丰富的地方文史知识，黄童先生的亲身见闻，使诗作中的一些疑问得以厘清，校注工作得以顺利完成。最后，还要感谢嘉应学院客家研究院领导的大力支持，使本诗集校注能顺利出版。

由于水平与精力有限，校注必然存在不少疏误。我们也希望读者在阅读过程中能够发现指出，以便日后完善。

夏远鸣

2016 年 12 月 8 日